ぼくたちが自由を知るときは

湧上アシャ

目次

プロローグ〈アナザー・ワールド〉　4
青い夢　6
台北から来た少女　32
割れたミラーボール　56
フラワー・チルドレン　80
線と点　106
罪と罰　134
失楽園の戦士たち　158
アイリーン・カンナビスの最後　182
エピローグ〈マリファナ畑でつかまえて〉　204

ぼくたちが自由を知るときは

プロローグ〈アナザー・ワールド〉

映画がはじまった。丸いメガネの青年が、ボロのソファに座っている。

「さて、これはぼくがアイリーン・カンナビスと過ごした時間を、いや、違うな……」

ドキュメンタリーチックなはじまりに、観客は引きこまれる。青年はしばらく考えて巻きタバコに火をつけてから言った。

「これはアイリーンの時代に生きた、ぼくが見た、聞いた、あるいは撮影した、彼女の記録のすべてであり、フィクションとノンフィクションのあいだの映画だ」

男は深めの呼吸法で、煙をゆっくりと吸い、すこし咳きこんだ。

「あのとき、ぼくらは似たような夢を見ていた。本当さ。空と海のように本当によく似た夢だった」

青年はしばらく考えて言った。

「これは映画でエンターテインメントだが、同時に彼女からのメッセージだと思ってくれてもいい。それでは、すこしだけ彼女の話をしよう」

そして画面は暗くなり歌声が響きはじめると、モノクロの映像が流れた。そこには歌を歌う少女がいた。

青い夢

「荒野さん！　学校ですよ！　起きなさい！」

けたたましいノックのあとにドアノブが動く音。それで金城荒野は目覚めた。枕元のアイフォンの電源を入れる。彼はゆっくり立ちあがった。色の入った丸眼鏡をかけ、肩まであるパーマ頭を振り、ドアのカギを開けた。

「おはよん。ソフィアたん」

「荒野さん。今日は入学式ですよ。はやく支度をしなさい」

諭すような口調で叱るのは彼の祖母、ソフィアだ。

「支度なら昨日の夜やりなさいって言われてやったじゃん。まーゆっくりしようよ」

ソフィアは黒のロングワンピースに白いエプロンをしている。綺麗な白髪はお団子状に結われ、その目はラピス・ラズリの色をしていた。そんな彼女のとなりを荒野は通り抜け、リビングにむかった。朝食が用意されている。パンにマーガリン、それと大盛のサラダ。荒野はまたか、と思いながら食べはじめた。

荒野の両親は晩婚だった。ふたりともすでに離職しており、父親は「これからのセカンドライフを楽しみたいから」という理由で離島に移り住んだ。そこで荒野はモラトリアムを十二分に使うべく沖縄本島の県内のR大に進学した。そこではじめひとり暮らしを予定していたが、金の問題もあり母方の祖母のもとに居候させてもらっている。

真っ白なコンクリートブロックは砂壁で、島豆腐みたいだ。なんて最初は思っていたが、家賃、光熱費、食事までただなのはありがたかった。しかも。

「来ましたね」

ドルンドルン音が鳴りながら家の前までやってきた車が止まった。

「あなたは食べてなさい」

荒野は急いで朝食を食べ終わると、ソフィアについて玄関へでた。すると黄色い丸目の外車のとなりに、ソフィアよりいくぶんか若くデカいクマのような男が立っていた。

「彼が例の？」

「そうよ」

「ほら」

空中を銀色に光るカギが荒野に投げ渡された。車のカギだ。

「うおー！　すっげー！　まじ70年代のベンツだ！　色もいい！」

荒野は夢中で車の中や外観を、おもちゃを見る子どもの目で見ている。

「ありがとう。孫のために」

「いや、ソフィアさんのお願いなら。ほかに困ったことは？」

「ありがとう。じゃあ来週までに新しいカンバスがいるわ」

「いつもの大きさかい？」

「ええ、ありがとうダニー」

「少年よ、頑張って勉強するんだぞ！」

「はい！　ありがとうございます！」

男は同僚の運転する車で帰っていった。ソフィアが腕時計を見る。

「そろそろ、スーツに着替えたらどうですか」

「あ、いっけね」

荒野がパタパタと着替えをする横で、ソフィアは朝ごはんの片づけをしていた。

入学式も終わり、荒野は狭い講堂から出ると、すぐにネクタイを外し、ジャケットを脱いだ。

でかいベンツにまたがり目指すのは、いつものたまり場。すでにガレージの前で中年の男がボンネットを開け機械いじりをしている。

「おじさん、お邪魔します」

「おお荒野君、あ、入学式か。いい車だね」

「ええ、路駐してても？」

「大丈夫。大丈夫」

ガレージの中には女性が見たら何に使うのか使途不明なものでごった返している。そのソファで横になり「時計仕掛けのオレンジ」を今ごろビデオテープで見ている、変わった男がひとり。

「おつかれーい」

「おつかれ」

その男は知念悠一。荒野とは中高の同級生だ。長い髪を縛っており、すこし痩身の彼はわりと女性に人気がある。

「あの車、買ったの？」

「ああ、頭金は愛しのソフィアちゃんに出してもらったよ」

「けっ、金持ちが」

「あー、その言い方ムカつく」

悠一がグラインダーで葉っぱを刻み、それを「ジグ‐ザグ」のペーパーに巻いている。

「火、あるか？」

荒野はポケットからライターをとり出した。出来上がったジョイントに火をつけて、ふたりで回す。もちろんただのタバコ葉ではない。クシュ、と呼ばれる〈マリファナ〉だ。

「で、どーすんの？」

悠一が問う。

「なにが」

「次回作の原案とか、脚本とか、テーマとか、応募する賞とかよ」

悠一は深く煙を吸いこんだ。

「あー、決めてね」

荒野が机の上にあるビデオカメラを手にとった。

「かあー、監督がこれだからな」

彼らは個人的に映像を制作し、全国、いや国際的な賞をめざしているグループである。〈アイランド・ラボ〉それが彼らのチーム名だ。荒野が監督で悠一が主演だった。

「夏美と岩が来てねーんだもんね」

「夏美はこねーよ、今ごろショウゴさんとこで手伝いだ。土曜だぞ」

「あっちゃー。ヒロインがいなくてどーしますか」

「原案とテーマくらいふたりでなんとかなるだろ」

「そー言ってもねー。あのわがままおばさんが、こっちの言うようにやってくれるー?」

「まあ、そりゃそーだが」

「いいよ、今日はダラダラしようぜ。次、「ブロック・パーティー」見ていい?」

そう言って荒野は、吸い切ったそれを灰皿に燻した。


「ただいまー」

「おかえりなさい、荒野」

シャツを脱いで、肌着に下はスーツで、食卓についた。その日の夕飯は野菜がごろっとはいったポトフだった。ソフィアは自然派だ。木の器に、木のスプーン。

「いただきます」

「今日、学校はどうでしたか?」

「べっつにー。まだ入学式だし」

ソフィアはそうですか、と言ってスープをひと口のんだ。

「ラボに顔を出したんですか」

「いちおうね。悠一しかいなかったけど」

「すこしばかりいい賞をとったからっておごらずに、精進することですよ」

荒野たちは、アイランド・ラボで短い映像作品をつくり、沖縄県のちいさな賞をとっている。正確には、賞をとって、アイランド・ラボと名乗り出した。同じ高校の映像研究部だ。

「聞いてますか？」

「はいはい」

「はい、は一度です」

「はーい」

しょうがない子どもを見る目で、ソフィアは微笑んだ。

「ああ、それとシーツを変えておきました。荒野さん。掃除はちゃんとしなさい」

「ちょっと、勝手に入ったわけ？」

「大切そうなものには触れてません。それに」

「それに？」

ソフィアはスプーンを置いて、まっすぐ前を見据えた。

「わたしの家ですから」

「はいはい。片づけます」

「――『はい』は、」

「はーい！」

荒野はポトフを食べ終えると、流しに食器を置いて、換気扇の下でタバコをふかした。ソフィアも食べ終わり、流しにやって来る。ソフィアがイタズラっぽい目をしている。荒野にはわかった。

「さーいしょはグー！」

「じゃんけんポン！」

荒野はチョキを出し負けた。ソフィアはエプロンをほどいた。

「じゃあ、あとはお願いしますね荒野さん」

この日の皿洗いは荒野がやるハメになった。

洗い物が終わると、荒野はタバコを一本吸い、リビングのテレビでたいした番組がやらないことを確認すると、自室に潜りこんだ。

洋服ダンスとパソコンラック、趣味のギターにこじんまりしたベッド。六畳間の秘密基地。パソコンを立ち上げ、今日映した悠一との他愛ない映像をマックにとりこむ。

荒野はロード中、ベッドに目をやった。深い青。あまり見たことのない色をしていた。パソコンで適当にユーチューブなどを見て、時間を潰す。

「することないし、もう寝るかー」

携帯で確認すると、午前０時だった。キセルでマリファナを吸うと、青色に横になる。携帯で音楽を聴いていると、すぐに惰眠が訪れた。


「あれ？」

荒野は深い青に立っていた。どこにいるかを考える前に手を見た。どこにも明りはないのに、ちゃんと視認できる。

「どこだ？　ここ」

青はどこまでもつづいている。どこまでも高く、どこまでも深い。

「はっはーん。ソフィアたんが変なシーツ敷いたから、変な夢を見てるんだな」

しかし不思議な気持ちが荒野の中にある。十九年生きてきて、夢に気づくなんてことはなかったからだ。

手を伸ばしてみる。何もない場所はもちろんなにもつかめない。一歩、踏み出してみようとする。すると、荒野はなにかから足を踏み外し、その場で一回転した。

「危ねー。あ、いや夢だからケガはしねーのか」

妙に冷静な自分がいる。一度足掛かりを失ってから、荒野のからだは宙に浮いたままで、暴れてみてもなにもとっかかりがない。荒野はすこし考えてみた。

「まあ、夢だからいつか覚めるか」

荒野はただそのときを待った。けっこうな時間が立つ。シビレを切らした荒野は叫んだ。

「いいかげん覚めろよ！」

するとなにか光の線に引っぱられるようにして、荒野は吸いこまれた。

目が覚めると、朝だ。荒野は眠りから目覚めたのに、ぐったりしている。夢のせいだ。彼は思った。そして、不思議なことに夢でなにがあったのか、しっかり記憶していた。まるで、眠ってなどいなかったかのように。

荒野はメガネをかけ、ドアを開けて、リビングにむかった。まだソフィアはいない。アイフォンの電源を入れる。まだ朝の五時だ。荒野はシャワーを浴びた。風呂から出ると、ソフィアがあくびしながら部屋から出てきた。そして荒野を見て目を丸くした。

「早いですね、荒野さん」

「おはよーソフィアたん」

「今紅茶いれますね」

「ありがとう」

荒野は夢の話をしようかどうか迷ったが、説明すれば気が違ったかのように思われそうだ、と思い言うのをやめた。庭から見える空は雲の多い、いつも通りの晴れた空だった。

「んじゃ、店番たのむね」

T楽器店。荒野はそこでアルバイトしている。父親が「ベンチャーズ」のコピーバンドをしていたことから、紹介してもらったのだ。荒野も趣味でギターを触るが、音楽で食っていこうなどとは思ってはいない。

ギターの弦の在庫チェックをしていると、自動ドアが開いた。

「いらっ……」

「あら、ここの店員はいらっしゃいも言えないのね」

「身内にはね。んで？　どうした夏美」

ラボの主演女優、具志堅夏美だ。ショートカットですこし髪を刈り上げている。

「昨日、〈テラ・スコラ〉のイベントがあってさ、さっきまでショウゴさんたちとのんでたのよ」

「だろうな、酒くせーよ」

荒野はすこしツンケンしている。

「次はどんな映画とるの？」

「まだ決まってねーってば」

会社や事務所に所属していない表現者にとって、作品をつくるのは金と時間がいる。そのために荒野はバイトをしているのだ。いい映像を撮れる人間なんてごまんといる。その中で、多くのひとに評価されたい彼は、賞をとったからこそ襲われるジレンマに苦しんでいるのだ。

しかし、すこしでも注目を集めると調子づくやつはいる。荒野にとって夏美はそんな女のひとりだった。高校一年から一緒にやっていた可憐な百合は、卒業と同時にトゲをもつ薔薇になっていた。

「早く次の作品撮ってよ、監督ぅ。わたし演技するのハマっちゃった」

「はいはい。じゃあ各自バイト終わりに、ラボで」

「さっすがあ！　じゃ、あとで！　お仕事頑張って！」

そう言うと、夏美は山あいに吹く風のように去っていった。

「はぁ……。どうすっかなあ」

荒野はあしらうために安請け合いしたが、原案はもちろん、テーマすら決まっていない。ギターの弦を補充して、レジに座る。なにかネタはないかと音楽雑誌を開く。すると、レジ前にひとが来ていた。オレンジ色のゴムで留めるタイプのカポが置いてある。

「あー、630円……」

「あ、はい」

女の子の声。荒野は雑誌を置いた。目が、あった。

――この子、どこかで。

長い烏漆の黒髪、白い肌。綺麗な目をした、どこにでもいそうな少女。荒野はひらめいた。

「ビデオに、出てみません?」

少女はきょとんとしていたが、顔を真っ赤にした。


「――それで、はたかれたと」

荒野以外の全員がどっと笑う。

「ビデオっていう言い方がアレだよね」

夏美がニヤニヤと笑う。

「笑え笑え」

荒野は春なのに赤い紅葉をほおに張りつけたまま、不機嫌そうにしている。

「映画にって言えばよかったのに」

悠一が夏美に同調する。荷川取剛志は腹を抱えている。剛志は大道具担当の大柄で普段は無口な男だ。仲間内では「岩」と呼ばれている。そんな彼が口を開く。全員ハイだった。

「アロハシャツの怪しい男が『ビデオ出て』だってよ」

「うるせーよ。勝手に笑え」

「でも、それで今度の構想浮かんだんでしょ？」

「いや」

「へ？」

変な声を出したのは悠一だ。

「ただ、あの娘が歌ってるとこを撮ってみたかっただけなんだ」

なーんだ。身を乗り出して聞いていた夏美がソファに沈む。悠一が問う。

「夏美じゃダメなのか？」

「夏美じゃダメだ。色気がありすぎる」

「あら、嬉しいひと言」

「アバズレじゃだめってことか」

「岩は黙ってろ！」

夏美が怒鳴りつける。悠一は荒野を見た。荒野はパソコンと向かい合っている。

「おふたりさん、大変だ。また荒野の病気がはじまった」

「歌ってるところを撮りたいなんて、荒野の変態が出てるわよね」

荒野が立ちあがる。三人はビクッとしたが平静を装う。

「気分乗らねーし帰るわ」

「お、おう」

「またねー」

荒野はそう言い残して帰った。

「どうするー？」

「T楽器店まで行ってみるか」

悠一が切り出す。岩がハイネケンをのみ終わった顔で、夏美を見る。

「まあ、ほかに情報がないなら、行ってみますかー」

悠一のクーラーが効かないハイエースでT楽器店へむかう。

「おお、ラボのみんなじゃないか。どうしたかね？」

ひげの店長が出迎えてくれた。

「すいません。荒野が帰ってから、オレンジのカポを買ったひとを探してるんですが」

「なに？　愛里ちゃんと知り合い？」

三人は顔を見合わせた。脈ありだ。

「その娘、どこに行けば会えますか？」

「どこって……日曜日はそこの駅前でよく歌ってるよ」


「ただいま」

「おかえりなさい、荒野」

あいさつもそこそこに、荒野はリュックを部屋に投げて、台所の換気扇でタバコを吸いはじめた。その日の夕食はロールキャベツとミネストローネだ。

「荒野、片づけておいてくださいね」

ソフィアは絵の具まみれの作業着を着ている。昔、彼女は名の知れた画家で、今でも作品をつくっては、ちいさい個展を開いたりしている。荒野とはそういった意味で助けあっていた。

夕食の後片づけをすると、荒野は着替えもそこそこに、ベッドに寝転んだ。サングラスを外す。思い出すのは――やはりあの娘のこと。しかし、どう思考しても二度と出会える気がしない。瞳に絶望の色を浮かべたまま眠った。

青い色。これで一週間同じ夢を見たことになる。はあ、とため息をついて荒野は足を出した。ぐっ。足がなにかをつかんだ感覚があった。

――歩ける。

荒野は青い世界を歩きはじめた。しかしどこにも目印になるものはない。荒野はただあてもなく走ってみた。しかしその世界の深淵にたどり着けないまま。またまばゆい光が体をつつんで朝になった。

朝なのにどっと疲れている。荒野は冷蔵庫に買いだめしてあったドクター・ペッパーをのみ、朝ごはんが出てくるのを待った。アルバイトになど行きたくはなかったが、あの娘との接点がそこしかないので、仕方なくむかうことにした。ラボには顔を出していなかった。

「サンドイッチですよ」

ソフィアが朝食を出してくれる。作業着のままだ。昨日は徹夜だったのだろう。荒野はそう思った。そして。

「ソフィアたん」

「なんですか？」

「あのシーツに変えてから、変な夢を見るんだけど」

それから荒野はせきを切ったかのように、青い世界の話をした。ゆっくりうなずいて聞いていたソフィアは、コーヒーをひと口ふくんで、瞳に影を落とした。

「あの布は、先代からの譲り物です。イヌイットの魔女がつくったとか。わたしがまだカナダにいたころ友人が――買ってきたものです」

荒野は驚いた。そんな昔のものには見えなかったから。

「あなたがそんな夢を見るということは、なにかからのメッセージを受けとろうとしているのかもしれません」

「メッセージ？」

「ええ、そうです。啓示、とも言えますかね。〈メディケーション〉は？」

「つづけてるよ」

メディケーションとはドラッグにより自己に変容をもたらす手段のことを指す。メディテーションと混同されがちだが本質は違う。

「なら、そのうちわかるでしょう。ほら、サンド食べないと遅刻ですよ」

荒野は時計を見て、ハッとなってメシを食らった。

「今日帰ったら、いろいろ試してみましょう」

「――わかった。行ってくるよ、ソフィア」

「行ってらっしゃい」

相変わらずの客の入りに眠たくなった荒野は、雑誌を読んでるふりしてつくえにつっぷしていた。

あのっ……と声をかけられた。

——客か？

荒野は顔をあげた。そしてその勢いで立ちあがった。

「……なに？　また殴りにきたの？」

「その。この前はすみませんデシタ！」

彼女は新聞の切り抜きを持っている。それは、アイランド・ラボで賞をとったときの記事だ。すると、彼女の後ろの自動ドアの向こう側に、古なじみの顔が三つ。

「いいよ。おれも誤解がある言い方だった」

「……すいません。愛里、日本語、パーフェクトじゃナイ。英語なら少し……」

「どこのひと？　ウェアー・アーユー・フロム？」

「台北」

「ＡＢＣ？」

「はい」

ＡＢＣとはアメリカで育った台湾人のことを指す。

——困ったな。

「プロモーション・ビデオ！」

「へ？」

「撮ってくれる、いいマシタ」

――あいつら。

「いいよ」

荒野は半分投げやりに、半分仲間に感謝しながら、紙とペンをとり出した。

「連絡先書いて」

「レン……？」

「夏美！」

三人は声をかけられ、店内に入ってきた。

「お前英語できるだろ？」

「すこしね」

「今日、おれのバイト終わったら、この娘も連れてラボに集合な」

荒野が動き出した。そう感じ、三人は目を輝かせた。悠一は目で荒野に合図を送った。

「先にラボで、お前の作品を見せておくよ」

「勝手なことはするな」

「なによ監督だからって偉そうに。この騒動の発端はあんたなんだからね」

そう言われ、荒野はぐうの音も出ない。四人は荒野のバイトが終わるまで、ラボで時間を潰すことにした。荒野は連絡先の書かれた紙を見て、つぶやいた。

「李・愛里、ねー」

ラボにはいる。中は暗かった。ラボの連中と愛里は、まだ荒野の撮った映像作品「春のはじめに」を観ていた。荒野がはいってきたことに気づかないくらい、愛里は集中している。エンドロールが流れた。荒野が電気をつける。愛里がふり返った。

「あ、アノ。すごかった、デス」

荒野がパソコンの前に座る。

「じゃ、なんか歌って。シング！」

「あ、ハイ！」

愛里はその小柄には似合わない、古びたアコースティックギターをとり出した。曲はスピッツの〈空も飛べるはず〉だ。難しいコードのすくない曲で、おそらく日本語の曲ではじめて覚えたのだろう。荒野は素直な歌を聴いてそう思った。

愛里が歌い終わる。短い拍手が起きる。荒野はタバコに火をつけて、しばらく考えるようにしていた。

「どう？　監督」

「歌は細いけど繊細でいい。しなやかだ。ギターは上手くはないけど、及第点だろうな。あとは、おれたちがどう魅せるかだな。よしっ！」

荒野が立ちあがる。三人はなにを言い出すかわかっていた。

「テーマはそのまま、台北から来た歌うたい。脚本ができるまで各自待機で！」

悠一と岩が両手をあげる。約半年ぶりにチーム・アイランド・ラボの再始動だ。おろおろする愛里に、夏美が声をかける。合格ということがわかり、愛里もひと安心する。チェリーブロッサムの季節だ。


「ただいまー！　ソフィアたん！」

「荒野。今朝とはまったく違う様子ですね」

「やっとアイランド・ラボ始動だよ」

「それはそれは」

荒野の目の前に濃いブラウンの飲みものがはいったマグカップが出てきた。

「これは？」

「アイリッシュ・コーヒーというものですよ」

ふーん。荒野は、すこし息を吹きかけ冷ましてから口に運んだ。独特の甘さがあった。ソフィアはワンピースにエプロンだ。絵の仕事がひと段落した証拠だ。リビングの上には換気用のファンが回っている。荒野は夕飯を食べるとメガネだけ外し、横になる。

——そう言えば、ソフィアがなにかするって言ってたっけ。

しかし、仕事疲れから、そのまま眠りに落ちた。

一面の青。しかし、遠くでぼんやりと白く光るなにかがある。荒野ははじめて見るそれに不安を覚えつつ近づいてみた。しかし、光は彼が近づくと離れてしまう。

「待てよ！」

青色に荒野が転ぶ。白い物体はなにも言わずに光っている。

「待ってて！」


気がつくと荒野には、月曜日の始まりを告げる鳥の歌が聴こえていた。

「おはよー」

「おはようございます。荒野」

「昨日、いつもの夢じゃなかった」

それを聞いたソフィアはT牧場牛乳をコップに注いで出した。

「ラボが始動したから、変わったんじゃないですか？」

「うーん。うん、そうかも」

「そうですよ」

それから荒野は白い光の話をソフィアにした。彼女はさして驚くわけでも気持ち悪がるわけでもなく、微笑みを浮かべて静かに彼の話を聞いていた。

「勉強のほうは？」

「ぐっ」

「文武両道ですよ、荒野さん」

チャイムが鳴る。この家では珍しい。たいていはソフィアのお客さんなので、荒野は出ていかなかった。すると会話が聴こえ、ドアが閉まる。ソフィアは大きめの白いカンバスを自分のアトリエに運んだ。アトリエをのぞきこんだ。まだ完成に至っていないその絵は、どこか雪に埋もれた森だった。なぜか荒野にはそれが原風景に見えた。

「荒野さん。どうかしましたか？」

「その絵……」

「ああ、この絵。わたしのふるさとですね。最近よく思い出します。描きとめておこうと思いまして」

「カナダだっけ？」

「ええ」

オオカミの咆哮さえ聴こえてきそうな寂しい雪の山。そこに立っている、ひとりの男。荒野はソフィアがなぜ沖縄で暮らしているのかを知らなかった。

「ねえ、ソフィアたん」

「遅刻しますよ」

「やべっ！」

荒野は色付きメガネをかけて、リュックを背負った。

「行ってきます！」

「ふふ、まるであなたのようですね。彼は、あなたが探していたものを見つけられますかね？ふふっ。今、笑ったでしょう？」

台北から来た少女

――また、コノ夢。

愛里は深いラピス・ラズリの海に浮かんでいた。はじめはただの青だった空間は浮力を持ち、しかし前へ進むことも戻ることも、ましてや泳ぐこともできない。ただ、視界の先には真っ白な光。それがなんなのか、彼女は確かめたかった。

――行かないデ！

光は辺りをつつんで、気がつくと見慣れた天井がそこにはあり、枕元で今どき古いベルの時計が鳴っている。もう朝がやってきていた。

愛里は台北からここ沖縄にやってきた、語学留学生だ。いつものようにシャワーを浴び、髪を乾かしてからメイクをすると、カロリーメイトを口にし、着替えてO大学へむかった。移動手段はもっぱらバスかモノレールだ。

大学には数人の知り合いができたが、ただのクラスメイトという感じで、愛里の友人は別にいた。授業が終わると、その友人のひとりから連絡がはいった。「アジトに五時集合」。短い文章だが、右も左もわからない愛里には嬉しかった。授業が終わると家に帰り、教科書の入ったカバンを置いて、ギターケースを背負った。

バスで美栄橋駅までむかい、モノレールに乗りかえて首里駅で降りる。そこからは徒歩で住宅地にはいる。ガレージの前に黄色のベンツ。もう彼はきている。彼女の胸は高鳴った。ドアをノックする。

「コンニチワー」

ドアがすこしだけ開く。悠一だった。中は濃厚な煙で満たされている。

「きたか、愛里」

荒野はブラントを吸っていた。マリファナの香りが漂っている。しかしアメリカで育った愛里には当たり前の光景だった。愛里は回ってきたブラントを目にして言った。

「これは、ガンジャ?」

「ああ、混ぜもんじゃねーよ」

ピンク色のくちびるに寄せた。深呼吸して、高く飛んだ。そのみんなの様子を、岩がカメラで映している。

「なあ、荒野。やっぱりこれまずくねーか？」

悠一が冷静に言う。

「これは記録用。合法化の波はもうそこまでやってきてるんだって」

荒野は言いながら、ＣＤプレーヤーにチャッカーズの〈日本解放戦線〉をかけた。トリップするにはうってつけの煙たい曲が流れはじめ、みんな深いところへ沈んだ。

「で、監督。脚本はできたの？」

「ああ、いちおうな」

荒野はＡ４のコピー用紙につづった脚本を人数分カバンからとり出し配った。表紙には〈フライ・ハイ＆ディープ・ダイブ（仮）〉と印字してある。みんな真剣に目を通す。愛里はひとりおろおろしている。荒野はそれを悟っていった。

「デモだよ。デモ。スクリプト。アンダスターン？」

「スクリプトの、デモ？」

「イエース。わからないとこは夏美に聞いてくれ」

夏美がちいさく愛里に手を振る。愛里が会釈した。

「要するに、半ドキュメンタリーだ。いろんなとこでゲリラ的にライブして、それを撮影。編集。で、ストーリー部分はおれたちでドラマティックにしていく。関係者や、第三者のインタビューや映像もはさんで、彼女をスターダムに押し上げる。そうすりゃこのラボもハクがつく」

「曲は？　まさかスピッツじゃねーだろーな」

「いや、曲の選考はまだ決まってない。みんなが認知していて簡単な英語の曲とかがあればいいんだけどなー」

「ジョン・レノン」

「悠一、そればっか」

「カーペンターズ」

「ボブ。クラプトン。ニルヴァーナ」

様々な有名アーティストたちの名前があがる。

「まてまて、愛里に聞いてみよう」

夏美が英語で問いかける。

「フランク・シナトラ……？」

荒野が悠一を見る。

「〈マイ・ウェイ〉。〈ザッツ・ライフ〉あたりか」

締め切ったブラインドから、夕日が差しこむ。愛里が吸っているブラントの煙がオレンジに染まる。岩から荒野がそのままカメラを受けとった。

「愛里。歌って。シング」

悠一がギターを渡す。愛里は吸いさしのブラントを、ギターのネックにさして、〈マイ・ウェイ〉を歌いはじめた。　演奏が終わると、ちいさい拍手が起きる。愛里は恥ずかしくて頭をかいた。

荒野がパソコンにつないで、プロジェクターでコンクリの壁に映像を流した。優しい声に、揺れる煙。決してギターは上手くないが、映画の導入にもってこいの息をのむ映像だった。愛里は自分が歌っている姿をはじめて見た。そして、荒野のやろうとしていることがわかった。自分に、なにが求められているかも。


愛里は家に帰ると、荒野からもらったウィードをガラスパイプに詰めて吸った。それからインスタント麺を食べて、化粧を落とした。壁の薄い下宿屋なので気を使い、ストライドのエレキギターにイヤフォンをつけて、ギターの練習をはじめた。それが終わると、アメリカに住んでいたころから使っている、カナダの叔父がプレゼントしてくれた、お気に入りのインディゴブルーのパジャマに着替えて、横になった。ギャラクシーのスマホでちいさな音量で〈ザッツ・ライフ〉を流す。

思うのは――、友人のこと。これからのこと。ひとり暮らしの夜は寂しい。彼女は丸くなって、五月に咲く花のために降る、四月の雨の中眠った。

一面の青。沖縄にきてから、愛里は毎晩この夢を見ていた。しかし、その日の夢はなにかいつもと違っていた。なにやら美しい旋律が流れている。古着のような懐かしさをはらんだ、新しい歌。白い光のほうから聴こえてくる。その言葉が、メロディが知りたくて、卵の中の魚のように、懸命に身をよじる。

――待って！

光がやがてあたりをつつんだとき、愛里は夢から覚めた。耳元でベルが鳴っている。愛里は記憶があるうちにと、急いでスマホのレコーダーをオンにして、エレキギターを構えた。しかし、夢の中の歌は、かけらも愛里の頭の中にはなかった。ため息をついて、愛里はようやく大学にいく準備をはじめた。昨日の夜の雨が残る、今にも泣きそうな曇り空が広がっていた。

「愛里ちゃーん！」

O大学。教室にむかう愛里に、男が声をかけた。愛里がふり返ると、そこには初年次演習で同じクラスの男が立っていた。赤髪で、いかにもチャラそうな男である。

「あ、えーっと。渡久地順次サン？」

「なんやー、まだ日本語慣れてないん？　ま、おれも沖縄の言葉慣れてへんけど」

「ナニか用？」

ハトが豆鉄砲くらったような顔で、順次は一瞬立ち止まり、それから大きな声で笑った。

「なんやー、用がなければ声かけたらアカン？」

「アカ……？」

「いっしょに教室いこってこと」

愛里にはよくわからなかったが、敵意や悪気があるわけではなさそうだったので、並んで歩くことにした。

「愛里ちゃん、今日の新入生歓迎会行く？」

「それ、ナンですか？」

「いろんなサークルが出し物披露するんや」

「出し……？」

「パーティや、パーティ」

「パーティ？　学校で？」

愛里の目が輝く。

「せや。なんならいっしょにいこ」

愛里はスマホを見た。荒野からの連絡はない。そして彼女はパーティが好きだった。

「うん、行く！　何時から？」

「七時に講堂。連絡先交換しとこ」

こうして、愛里にも大学に友だちができた。関西弁の今風の男だった。


「愛里ーこっちやこっち！」

講堂には、たくさんのひとが集まっていた。ステージではダンス部がヒップホップを披露している。渡久地順次がすでに数人の男女のグループをつくって丸テーブルを確保していた。

「あ、ハジメマシテ。李・愛里デス」

集まったメンバーと自己紹介をする。

「そんなかたくならんとー。ま、一杯のめや」

すこしぬるくなったオリオンビールが出てきた。愛里は実は酒はあまり得意じゃないのだが、最初の一杯だけ、と封を開けた。

「んじゃま、カンパーイ！」

カン。と小気味いい音がする。黄色い液体は、愛里の体温をすこしあげた。

様々なサークルが勧誘する中、落研が落語を披露している間に、ステージの上ではドラムセットやスピーカーが準備されはじめた。愛里は順次にちいさな声で尋ねた。

「この次は？」

言われて順次は目を細めてタイムテーブルを見る。

「軽音楽部やな」

「ケイ、音楽？」

「バンドや、バンド。サークルの紹介はこれで終わりや」

落語が終わり、バンドが出てきた。素人のパンクバンド。演奏も、歌もうまくはない。しかし、仲間を持たずにストリートで歌っている愛里には魅力的だった。三曲歌って、バンドが帰った。幕が閉じる。すると突然、順次が愛里の手をとった。

「前いくで」

「え、あ」

愛里はその手の強さに引っぱられた。ステージの一番前にふたりは陣取る。

「終わりじゃやナイ？」

「せや。シークレット・ゲストやで」

照明が落ち、再び幕が開いた。気づいたひとびとが悲鳴に似た歓声をあげ、あっと言う間にステージ前はひとであふれた。すると、ひときわ異質なオーラを放つブラウンの肌を持つ女性があらわれた。ドラムがエイトビートを刻む。女性が声を上げた。

「レイディース・&レイディース！　ウィーアー・〈ザ・バード・イン・トレンチタウン〉！」

ほかの出場者を圧倒する存在感のそのバンドは、ルーツ・レゲエの様相を取り入れながら、ダンスホールのようなグルーヴを奏ではじめた。女性は独特なハスキーな声で、荒野に立つライオンのような声で歌いだした。愛里は鳥肌がたった。地球の裏側からやってきた彼女の琴線を震わせるそのバンドは、山を下る激流の川のように八曲披露して去っていった。

「やっぱ生で見る杏さんはサイコーやで！　な、愛里！」

愛里は誰もいなくなったステージのセンターマイクから目が離せなかった。

――す、すごい！


「うん、すごい！」

次の日、ラボに顔を出した愛里を出迎えたのは、満面の笑みの荒野だった。

「みんなは？」

「買い出し行ってる。見て、これ」

パソコンがあるデスクまで荒野に引っぱられる。荒野の手は、温かかった。愛里が画面をのぞき見ると、そこには先日の〈マイ・ウェイ〉を歌った動画が流れている。

「昨日アップしたら、一日で一万再生越え！　フランク・シナトラ、マイ・ウェイ、カバー、アイリーン・カンナビス、これだけの検索ワードで一万件だぜ！　すごいよ！　やっぱ決まるときには決まるもんだ！」

まくし立てるように話され、愛里は半分も話が見えてこなかったが、ひとつ、気になるワードがあった。

「アノ、アイリーン・カンナビスって？」

「ああ、おれが考えた芸名。えーっと、源氏名（ストリート・ネーム）。いかすべ？」

「ワタシの、名前」

「そ！　いきなり映画やＰＶをつくるんじゃなく、謎多き女性シンガーで話題性が上がったところに、代表作をドーンと出すの！」

面食らっている愛里をしり目に、荒野がカバンからなにかをとり出した。それはファイルになっていて、愛里は渡されるがまま、中身を見た。米国の代表的なナンバーの楽譜だった。

「この中から歌いたい曲を選んで。今度は、美栄橋で撮影」

はい」

「来週、いつが空いてる？」

愛里はカバンからスケジュール張をとり出そうとした。

「たっだいまー！」

酒やつまみを買ってきた一同が戻ってきた。夏美はすでに赤ワインを半分開けている。

「でー、次はいつ撮るの？　役ちょうだいよー」

「まーまー」

悠一がなだめる。愛里はだんだん馴染んできたみんなの雰囲気に安堵する。荒野が愛里にしたように、全員がパソコンでユーチューブを見ている。愛里はすこし恥ずかしい気持ちを抱えながら、パラパラと荒野が持ってきた楽譜を眺める。

――あ。

その様子に気づいた悠一がうしろからのぞき見た。ビリー・ジョエルの〈オネスティ〉だった。

「それに決まり？」

「アメリカにいたとき、パパの友人がバーでプレイしてマシタ」

「アメリカはどこにいたの？」

夏美があいだにはいる。

「カリフォルニアです」

荒野が巻いたジョイントを夏美は吸いこんで愛里にわたした。

「そのあと台湾でしょ？　なんで沖縄なの？」

「待て！　それ、カメラ回しとこう！」

荒野の鶴の一声で、岩がブラインドの前に立つ、悠一がカメラを構えた。

「ブラインドもうちょっと開けて！　夏美、ワインとウイスキーグラス、愛里の机の前に！　愛里、堂々とな。自分はロックスターだと思って！」

ふたりは指示通りに動き、夏美はさらに、自分がかぶっていた赤いニット帽を愛里にかぶせた。愛里は黒のタートルネックを着ていた。荒野はロッカーからすこしカビのにおいのするライダースをとり出して愛里の肩にかけた。

「いくぞー。３、２！」

カメラが回る。愛里は真剣な表情をした。

「名前は？」

荒野が映らない程度の近さから愛里に質問する。

「アイリーン・カンナビス」

「アイリーンのルーツは台湾なんだよね？」

愛里はジョイントを吸いこんだ。

「そうよ」

「なぜアメリカに？」

「パパの仕事」

「なるほど。そして、台北にもどってきた？」

「ええ」

「それから、どうして沖縄に？」

愛里はジョイントを灰皿に置いて、ワインをグラスに注いだ。ひと口のんでのどをうるおす。そしてすこし考えてから言った。

「アジアで一番ロックだから」

「カット！　オッケー！」

荒野が声を上げる。岩は残ったワインをのみ、夏美は愛里とジョイントを回した。すぐにビデオカメラとパソコンを繋ぎ、プロジェクターで流した。画面上の愛里はいかにもアーティストで、ミュージシャンで、表現者だった。

愛里は大学の授業の合間に、屋上で短いジョイントに火をつけた。四、五回吸うと後ろから気配を感じた。振り返る。

「おー、愛里ちゃんやー！」

「あ、じ、順次君」

愛里はすぐにジョイントを排水溝に投げる。あの新入生歓迎会からふたりは、大学で出会うと喋る仲になっていた。

「ギターケースなんか背負ってどないしたん？」

「今日、仲間と撮影」

「へー、なんかやってんねやー」

「うん」

「おれも行ったら、アカン？」

愛里は戸惑ったが、聞いてみる。と応え、逃げるように教室にむかった。順次が悪いやつかどうかは、彼女はまだわからなかったし、沖縄では普通大麻を吸う習慣はないとか、捕まることもあると聞いていた。だから彼女は慌ててその場から立ち去った。

――気をつけなきゃ。

「心配症やなあ」

順次は、愛里の背中を見送ると、排水溝にはいりきっていないそれをつまみあげ、吸いこんだ。春の一瞬の暖かさは影をひそめ、ジメジメとした暑い梅雨が迫っているような、そんな空模様だった。

初年次演習では、レポートの書き方を教わった。しかし、話すことや聞くことは難しくはなかったが、愛里にとって日本語でのレポートの書き方はまったく頭にはいらない。そのとき、愛里の携帯が振動した。見るとメールで「愛里。今日五時に美栄橋。忘れてないよね？　荒野」と連絡がきた。愛里は「もちろんです」と送った。しかし、それだけで彼女の胸は高鳴った。それが撮影に対するワクワクとは違うと、まだ気づかずに。

撮影は順調に行われた。愛里が〈オネスティ〉を歌い、下から見上げたモノレールがひとを乗せて進む様子や、夏美と悠一が恋人同士を演じるシーンも滞りなく進んだ。愛里の歌声は素人の、エキストラの足も止めさせた。そして、撮影が終わり、みんなで打ち上げに行くことになり、いきつけの居酒屋に五人は顔を出した。

「いらっしゃい！　おお、荒野！　久しぶりやし！」

「ご無沙汰してます、ショウゴさん」

まあ座れよ。そう言ってカウンター席しかない、小ぢんまりとした焼き鳥屋は満杯になった。

「夏美！　この前はありがとうな！」

「いえいえ。いちおう、これでもテラ・スコラなんで」

「で、その女が噂の、アイリーン・カンナビスか？」

「ええ、そうです」

荒野が応える。

「動画はどれくらいの頻度であげる?」

「編集もして、歌は別録したいんで一週間に一本ってとこですかね」

焼き鳥と酒が出てくればあとは宴会だ。愛里は話についていけないところもあったが、そこは夏美が英語でフォローしていた。楽しい呑みの席だった。

みんなで割り勘をすることになり愛里も金を払って、悠一と岩、夏美につづいて店を出た。荒野が遅いのに気づいた彼女が、のれんをめくり、店の中をのぞき見る。

そこには金を渡して紙袋を受けとっている荒野がいた。

――ここで、買ってルンダ。

すこしだけ、愛里のこころに暗雲が差した。荒野が店から出てくる。

「おれ、明日から地獄の五連勤だから忙しいし、編集はするから、ラボには来るけどあんまり相手できねーから、仲良くやれよ! そのあいだ、使えそうなアイディアや場所は各自調べとくように、以上! じゃあ、今日はおつかれー!」

そう言って荒野は立ち去った。夏美は愛里を見た。

「帰り道途中まで一緒だから、お金半分出し合ってタクシー乗らない?」

「あ、ハイ」

夏美がタクシーにむかい手をあげると、ちょうどよく止まった。

「あ、忘れてた、これ」

大ぶりの夏美のカバンから、ファイルが出てきた。荒野が愛里にわたした楽譜ファイルだった。撮影中に貸していたのを、愛里もすっかり忘れていた。愛里がパラパラとめくると、日本語訳が書いてあった。

「——ありがと！」

「日本語の勉強になるかな、と思ってさ」

恥ずかしそうに夏美は笑った。そのやさしさが嬉しくて、愛里はすこしほろっときた。


いつもの青い夢の中にいると、けたたましい音で目が覚めた。日曜日。愛里は携帯が鳴っているのに気づいた。画面には「荒野」と出ている。なぜか正座して、愛里は電話に出た。

「もしもし」

「あ、おはよう愛里。今日昼あと時間ある？　一時くらい」

時計を見る。十一時。準備するには充分だった。

「ハイ」

「じゃあ、スタジオに行くから準備しといて。家まで迎えに行ってあげたいけど、詳しく知らないから、ジュンク堂前に集合で」

「スタジオ?」

「ああ、そこで歌を別録する。宜野湾市まで行くから」

そう一方的に告げると、電話は切れた。愛里はとりあえずシャワーを浴びることにした。

ジュンク堂前。喫煙所近くのベンチで、日本語の勉強のためと楽譜を開いた。夏美のすこし丸い文字で訳が書いてある。〈マイ・ウェイ〉は直訳すると「わたしの道」だが意味合いとしては「わたしのやり方」という意味がある。や。〈オネスティ〉は訳しにくいがあえて訳すなら「誠実」だろうと書いてある。誠実。その言葉がわかるようでわからないと思った愛里は携帯で調べようとした。

そのとき、目の前に黄色のベンツがガコガコいいながらあらわれた。停車すると、荒野は愛里にむかってカメラを回しはじめた。彼女はファイルをしまって、助手席に乗りこんだ。

「おはよう」

「おはようございます」

カメラ用の表情。

「テープしか聴けないんだ。この車」

古いミックステープだけど、と言って荒野が流したのはR&Bだった。

「アイリーン。気分はどう？」

「いいよ」

「今日はどこに？」

「スタジオ」

荒野が指でオーケーマークをつくって、カメラを止めた。愛里にカメラを渡す。

「ここ押すと撮れるの？」

「ん？　そうだよ」

すると、愛里が荒野にカメラを向けた。

「監督」

「え？　撮ってんの？」

荒野がタバコに火をつけようとするのを愛里は撮っていた。荒野は撮られるのには慣れていないので、はにかんだ。

「監督〜」

「やめろよ」

荒野はウインカーを出して曲がり角を曲がる。梅雨の晴れ間だった。

なんてことない普通の住宅街。看板もない白いアパートに荒野は車を停めた。

「ここの二階」

階段をのぼる途中、愛里はふり返った。丘の上。北谷の街が一望できる。

荒野がノックすると、キッチンの小窓が開いた。髭面でパーカーをかぶった髪の長い男が顔を出した。ふたりを交互に見る。愛里はすこし緊張した。

「お疲れ様です」

窓が閉まる。玄関がガチャガチャいうとドアが開いた。

「ワーグワーン、ルーボーイ？」

「ヤーマン」

ハンドサインを交わし、荒野は中にはいる。愛里もあとにつづいた。ＰＡ機器とキーボード、ＭＰＣがリビングにあり、奥の部屋は遮音材を貼りつけたブースになっていて、ドラムセットやスピーカーがあった。

「この子？　アイリーン・カンナビス」

愛里が荒野を見る。荒野はすこし慌てた。

「はいそうです。ほら、あいさつ」

「あ、アイリーンです」

「アイリーン、どうぞよろしく。おれはパパ・ジョー」

そう言って、ジョーはふたりに背をむけてデスクのイスに座った。

「愛里、格好つけてるのはキャラなんだから、関係者には愛想よく、な」

小声で荒野が言った。

「インスト、準備できてるから、まず声出してみようか」

愛里は楽譜を持ってブースにはいった。ヘッドフォンを耳にかける。するとジョーの声がした。

『アイリーン、聴こえる？　聴こえたらマイクにむかって喋って』

「はい、聴こえます」

『じゃ、いくよ』

〈オネスティ〉のイントロが流れ出す。あふれる想いが声になる。そこにいるのは李・愛里ではなく、アイリーン・カンナビスだ。ジョーがふり返る。マイクの音を切って荒野に笑いかけた。

「いい素材だ。どこで？」

「たまたまです」

「声がいい。雑味もない。アレンジャーの腕が鳴るね。ライブは？」

ジョーがシケモクのブラントに火をつけた。

「路上ライブです」

「ハコにはでないの？」

「ぼちぼちで考えてます。けど、ギターがまだ」

ブラントを荒野に回す。

「曲は？」

「三曲です。オリジナルはありません」

荒野はカバンから紙袋をとり出し、ジョーに渡した。

「そのデビューの根回し、ひとつ噛ませてよ。バックバンドと曲は用意するから」

「歌詞は？」

「彼女に書かせてみようよ。面白そうだし」

ジョーは紙袋の中身を確認し、いくばくかの金を荒野に渡した。ふたりは笑顔で再び握手を交わす。

『アイリーン。いいよ。いい感じだ。もう一度、サビの頭からいこうか』

パパ・ジョーがマイクのハイをすこしあげた。

割れたミラーボール

　カーテンを閉め切った暗い部屋の中、荒野は絵コンテを書いていた。愛里のことばかり気をかけていたので、短編映画のコンクールが近いのをすっかり忘れていた。しかし、主題歌を愛里に歌わせる、と決めてからは構図がどんどん浮かんだ。

　コンコン。ドアがノックされる。時計を見た。もう朝の五時だった。

「荒野さん。開けますよ」

　ソフィアがドアを開けた。絵の具やペンキまみれのツナギを着ていた。

「もう朝ですよ。荒野さん。熱心なのはいいですが、夜眠らないのはいけません」

「ごめんごめん」

「ごめん、はー」

「ごめんって！」

ソフィアはドアを開けたままにしてリビングへ戻った。いいにおいがする。腹の虫が鳴ったのを合図に、荒野は絵コンテを描いたノートを学校用のカバンに詰め、着替えを用意してリビングへ行った。

朝食はアルファベットのマカロニがはいったミネストローネに、チーズとレタスのはさまったライ麦パンだった。

「最近、夢のほうはどうです？」

「あー、青い夢？」

「ええ」

荒野は考えた。しかし、最近忙しくてあの青いシーツの敷かれたベッドで寝ていなかった。

「前と変わらないよ。ただ最近は白い光をみるかな」

「白い光、ですか」

「この二日は家で寝てないからわかんないけど」

「どこで寝てるんですか？」

ソフィアの青い目がジロリとにらむ。

「授業中――……」

「あきれたひとですね」

ため息まじりにソフィアは言って、食事を終わらせた。

「ソフィアたんも絵、描いてたんでしょ?」

「わたしは三時に起きてから、描きはじめたんです。夜は寝ていました」

食事が終わるとじゃんけんをして、ソフィアが洗い物担当になったため、荒野は疲労感のなか熱いシャワーを浴びた。黒と金のアロハに着替えると。そそくさと玄関へ。

「行ってきます」

「早いですね」

「教室でちょっとでも寝ようと思って」

「ええ、そうしたほうがいいでしょう」

黄色のベンツに乗りこんで、テープを適当に差しこむ。2パックの〈カリフォルニア・ラヴ〉が流れた。久しぶりの青空だった。


「おはよう」

低く、くぐもった声。つくえに突っ伏していた荒野は目を覚ました。

「おー気風」

「やっといたよ、お前のレポート」

そう言って内藤気風は、右にパンチで穴をあけ、ひもで縛ったレポートを出してきた。

「サンキュー」

荒野が受けとろうとしたとき、気風はそれをやんわり拒否した。

「ブツが先」

「お前なー友だちなくすぞ、そんなんじゃ」

「別におれは沖縄でずっと暮らすつもりじゃないしな」

「はいはい」

荒野はリュックからパケにはいった一グラムをとり出す。気風がそれを受けとろうとしたとき、荒野もそれを拒否した。

「これはな、メキシコからきたサティバ君だ。レポート代＋千円」

「お前こそ友だちなくすぞ」

けっ、と吐き捨てて気風は千円札とレポートをわたし、大麻を受けとった。まいどありー、
覇気なく荒野が応える。

「しっかし眠そうだな」

「ああ、いろいろやることがあってな」

「寝てろよ。授業はじまったら起こしてやる」

「サンキューな。あ」

「なんだよ」

「お前ＤＪ、やる?」

気風はぽかんとしている。荒野は新しい映像作品と愛里のことを話した。

「なるほど、脇役でいいから出演しろと」

気風はヤンキースキャップをかぶり直した。

「ただ映像に出るだけじゃない。その映像とリンクさせたライブにも出してやる。お前もパパ・ジョーさんとつながりあったら、今よりいろいろ楽に動けるべ?」

「報酬は?」

「うーん、五グラムでどーだ?」

「乗った!」

ふたりは握手を交わした。


その日の授業が終わり、愛里は携帯を確認した。すると荒野から全員に「アジトに五時」と連絡がはいっていた。そして——知らない番号も。荒野のことは置いておいて、知らない番号に折り返しかけた。

『もしもし、李・愛里さん？』

「あ、ハイ」

『お疲れ様です。麺屋連の店長です。今時間ありますか？』

「は、ハイ！」

『愛里さんをアルバイトとして雇うことに決めたので、これからの相談を……』

台北にいる親からの仕送りだけでは食っていけないことがわかったため、愛里はラーメン屋のバイトをはじめようとしていたのだ。沖縄は中国、台湾からの渡航者も多く、また米軍基地もあるため、北京語、英語、日本語のできる愛里を雇うことは店にとっても利益が大きかった。電話を終えると、愛里は急いでアジトにむかった。

バスを乗り過ごした愛里は結局三十分遅刻した。きまったノックをすると、悠一がドアを開けた。もうすでに、アジトには濃厚な煙と酒のにおいが漂っている。みんなコピー用紙のつづりを持っている。

「きたか」

荒野はそのコピー用紙を愛里にも渡した。表紙には「月に踊る（仮）」と書いてある。

「これハ？」

「今度撮る映画の脚本だって」

悠一が応える。

「愛里には歌で参加してもらう予定だ」

「らしーよー」

夏美はもう出来上がっている。愛里は内容を読んでみたがすこし難しかった。

「これ、愛里は歌だけでイイ……？」

「それをめぐって監督と主演女優がもめてんだ」

岩が冷蔵庫にはいったハイネケンをとり出して答えた。ほい。岩は愛里にも渡してやる。悠一が栓を抜いた。三人で低く乾杯する。

「だーかーらー。悠一とばかり恋人役は嫌なの、わたし！」

「なんでそれが主演俺になんだよ？　あと、愛里はちょい役だろ？」

「主人公とヒロインが再び愛を思い出すシーンに、愛里のバンドが出たら、ちょー目立つじゃん！　それじゃあ前のＰＶ撮影と変わんないっつーの！　あくまで、アイランド・ラボの作品なんだよ？」

「だから愛里を参加させるんじゃないか！」

「じゃあ、愛里の出てくるシーン増やさなきゃ、不自然でしょ！」

「尺があんだよ！　尺が！」

「ずっとあんな感じ」

驚いている愛里に岩が耳打ちする。

「だ、だ、大丈夫……？」

「撮影がはじまる前はいつもあんなだよ、あのふたりは。徹底的に裏方に回りたい荒野と、徹底的に自分の思うような作品にしたい夏美と。まあ、このケンカは恒例行事で、作品が完成したらいつも通りのふたりだよ」

さらっと悠一が言った。愛里はすこし複雑だった。ケンカするほど仲がいい。と言うが、それができる友人がいること、そしてそれでも離れてない友人がいること、それがうらやましく思えた。

——愛里も、もっと仲良くなれるカナ。

「わかったよ！　もう明日まで考えてやる」

「いぇーい！　勝った！　たのんだよー監督さん」

荒野はイライラを隠すようにつくえにむかい、パソコンで脚本を見ながらＯＣＢの巻紙で太めのジョイントを作りはじめた。そしてそれに火をつけて、岩に回したときに、思い出したかのようにカバンからＣＤと一枚の紙切れをとり出した。

「愛里。これ」

愛里はほろ酔いでそれを受けとる。悠一が肺にためすぎて咳きこんだ。

「パパ・ジョーさんがつくってくれた曲だから、歌と歌詞覚えて」

びっくりして愛里はまだジョイントが回ってきてないのに咳きこんだ。

「どういうことだよ、荒野」

「そーだよ。お前なんでパパ・ジョーさんと」

「知らなかったのか？　パパ・ジョーさんとショウゴさんタメなんだよ」

ひとりテンパっている愛里の手から、夏美はＣＤをとった。マジックで、〈亡国の歌〉と書かれている。プレーヤーでかけた。スクラッチではじまり、ピアノの旋律にドラムパッドの打ちこみが流れる。

――綺麗。

愛里は素直にそう思った。ジョーの声は意外と透明感のある歌声だった。夏美もうっとりした表情を浮かべている。そして愛里にむかって無邪気にいたずらっぽく言った。

「こりゃハードル高いね」

愛里は現実にもどってきた。

――この綺麗な曲に愛里の歌がのるんだ。

「夏美。あんまプレッシャーかけんなよ」

高いところにいるわけでもないのに、愛里は足がすくんだ。

それから、コンクール向けの作品の撮影がはじまった。愛里はその撮影の合間合間も携帯にいれたパパ・ジョーの曲を繰り返し聴いていた。荒野はというと、脚本は練り直されていたが、やはり自身が作品に出演することはなく、総指揮をとっていた。そして——。そのときが、やってきた。

「もしもし」

『荒野か？　ワーグワーン？』

「ええ、いい調子です」

『クラブ911の件だけど、撮影許可が下りたぞ。トリが終わってから、観客にはその場でショウゴに説明してもらって、顔出しOKなやつはそのままエキストラになってもらう。まあ、そんな感じだ。アイリーンはどうだ？』

「ありがとうございます！　アイリーンも頑張って練習しています」

『オッケイ！　じゃあまた録音の時に』

そう言ってジョーは電話を切った。

「さて、総仕上げといきますか」

クラブで愛里が歌い、〈月と踊る〉の一番の見せ場。そこを撮影できれば、映画は完成だった。荒野ははやる気持ちを抑えながら、編集作業に没頭していた。


愛里はイヤホンで〈亡国の歌〉を聴きながら登校していた。

「——ちゃん。……ちゃん。愛里ちゃん!」

うしろで聴こえていた声が自分を呼んでいることに気づき、愛里は慌ててふり返った。そこには順次が立っていた。

「ハイ」

「なんかおれ、愛里ちゃんに避けられてる気がするんやけど」

「そ、そそそんなことナイ」

内心を見透かされて愛里は慌てる。

「愛里ちゃん、最近いつもギター持ってるよな、なんかやってるの?」

「ストリート・ライブやってた。今してないけど」

「へー。どこかライブハウスで歌ったりするん?」

「いや、でも今度——」

愛里は口を滑らした。順次は表情を変えずに言った。

「今度、どこでやんの?」

「クラブ911。でもイベント出るわけじゃない撮影で」

「撮影って?」

愛里は順次のしつこさに負けて洗いざらい話した。アイランド・ラボのこと。アイリーン・カンナビスのこと。その計画まで。もちろん、ドラッグの話は避けて喋った。だが、聞いてもらいすこし彼女は楽になった。自分でも予想だにしないプレッシャーと闘っていることを知った。そしてすこし。すこしだけ順次にこころを許した。

「へー。六月二十三日やな? 行くわ、おれ」

「あ、でも歌へタかもしれない。まだ、日本語の歌、あまり歌ってない」

「大丈夫やで。おれ関西弁抜けてへんけど、前より言ってることわかるやろ?」

「……うん」

「誰だって最初はビギナーや。最初からうまくいくやつなんておらへんよ。あ、アカン遅刻するわ。505号室やねん。じゃ、アイリーン・カンナビスでユーチューブ検索しとくわ」

ほなな。そう言い残すと、順次はすこし早足で教室にむかった。愛里はちいさく手を振った。

荒野は久しぶりに青い夢の中にいた。地面は以前よりつかみやすくなっている。愛里の歌が聴こえる。その音は白い光の中にある。しかし、近寄っても、遠く離れてしまう。しかし、彼はゆっくりと、冬眠から目覚めたまなこのような足どりで追いかけていき、やがて朝がきた。心地よさと緊張感が同居する目覚めだった。

「荒野さん」

「おはようソフィアたん」

リビングでまどろんでいると、ペンキのにおいを漂わせたツナギのままソフィアがあらわれた。

「今日はなにかあるんですか？」

「え？　どうして？」

「あなたの部屋のカレンダーに赤丸が」

「また勝手にはいって……。撮影だよ撮影」

ジューシーおにぎりとサラダの簡単な朝食を食べると、ソフィアはコーヒーをいれた。

「アイリッシュ・コーヒーです。豆は〈コピ・ルアック〉を」

「ありがとー。あ」

アイリッシュ、愛里、アイリーン。荒野は連想ゲームで思いついた。

「どうしました？　変な声で」

「いや、たまにはラボでコーヒーでも出してやろうと思ってさ。どうやってつくるの？　アイリッシュ・コーヒーとやらは」

「コーヒーにウイスキーを混ぜるだけです」

それを聞いて、荒野は思わずコーヒーを噴射するところだった。

「飲酒運転になるじゃん！」

「ウイスキーボンボンとか奈良漬けレベルの量ですよ」

ふーん。荒野は独特な香りはそれか、と思った。

「青い夢は進展しましたか？」

「今日は歌が流れてきたよ」

「へえ。そうですか？　聴いたことある歌でしたか？」

「うーん、どっかで聴いたような」

「なら、思い出せるはずです」

荒野は時計を見た。

「今日朝勤だから行くわー」

「撮影は遅くなりますか？」

「朝になるね」

「気をつけていってきなさい」

「行ってきます」

ういー。荒野は家をあとにした。ソフィアはテレビをつける。北から飛翔体が二発発射された、と聞き、うんざりした気持ちでコーヒーカップを片づけた。すると珍しく薄いほこりをかぶった固定電話の子機が鳴った。

「はい」

『おそれいります。そちら金城ソフィアさんの自宅でよろしいでしょうか？』

「はい」

『ご無沙汰しております。以前お世話になりました、いるか出版の渡久地一美です……』

「…………はい。なにかご用で？」

『実は、今度、新しく文芸誌を創刊することになりまして。そのなかで新人作家の連載を企画しています。デビュー小説です。そこで、ぜひ先生の絵を挿し絵に使いたいという話になりまして……』

「その作家さんは、わたしがどのような人間で、どのような絵を描くかご存じで？」

『もちろんです。この新人作家は、沖縄の基地問題をテーマにしておりまして』

ソフィアは無言で先をうながす。

『ただ日本やアメリカ、中国を批判するわけではなく、それによって生まれた文化や、この島で育った子どもたちの現実を描く作品になっておりまして、それで先方のイメージとしては先生の絵がぴったりなのでどうか、と』

「わかりました」

『はい？』

「わたしのことを知ったうえでのお願いならいいでしょう」

『は、はい！』

「ただ、その方と一度会って話をさせてもらえませんでしょうか？」

『はい。ありがとうございます！』

それからスケジュールの打ち合わせをして、電話は終わった。

「まだ、闘わなきゃいけないようですね」

目に青い炎を灯し、すこしの闇をその表情の裏に隠して、彼女は沖縄の新たなうねりのはじまりを感じた。

「荒野さんも頑張っていますし、すこしは老体にムチをうちますかね」

ソフィアは、そうひとり言をリビングに残し、アトリエにむかい、新鮮な風をいれるために窓を開けた。ペンキのにおいは妖精のシルフのように綺麗に家の中を通り外庭に消えていった。


六月二十三日。沖縄は、慰霊の日だ。その日が何曜日でも、晴れでも雨でも、いつでもショウゴはクラブ911で〈チャント〉というイベントを行っていた。県内の若いアーティストを集め、デビューさせる場だ。いつもはスタジオにこもりきりで忙しいパパ・ジョーもこの日ばかりはＰＡで参加する。

「みんな集まったな」

まだ出演者も、クラブ側のスタッフも集まっていない時間に、アイランド・ラボはやってきた。中にはいると、岩はなにも言わず、モップがけをはじめ、夏美はアルコールと布きんで机をふいている。悠一は厨房に消えた。みんなそうするのが当たり前のように行動している。荒野に連れられ、おろおろしていた愛里は、「アイリーン・カンナビス」でフリーパスを受けとると、控室に赴いた。

「おー、荒野。やー元気か？　最近どんなか？」

そこには焼き鳥屋のショウゴがいた。

「まあ、ぼちぼちで」

「アイリーンも、元気か？」

「あ、はい」

荒野がカバンから封筒を出す。ショウゴはなにも言わず受けとった。

「確認は？」

「やーのことは信用してるよ」

「ワーグワーン」

ジャマイカの方言、パトワ語のあいさつとともに、パパ・ジョーがあらわれた。全員と握手を交わす。

「ジョーさん。お疲れ様です」

「おう。リハもやるんだってな」

「はい。リハを開店前にしたいんですが……」

ジョーは何回もうなずいた。

「わかってる。いいよ。いっぷくしてからな」

ショウゴがスイッシャーをとり出しブラントを巻きはじめる。気風がやってくる。

「お疲れ様でーす」

「ああ、アイリーン。今日バックＤＪをしてくれる気風だ」

ふたりは握手を交わした。ブラントが手から手、口から口へ回る。

「で、アイリーン。どうだった？　おれの曲」

「あ、ハイ。ジョーさんの曲、すごく綺麗で、でも歌詞はハードで、韻も日本語の曲にしてはかたくて、アンバランス？　にしてるのがクールだと思いました」

ジョーとショウゴは目を丸くして、そのあと豪快に笑った。

「まあ、おれたちはヒップホップの畑出身だからな。韻は勝手に出ちゃうんだよ」

「ジョーは昔、裏方に回る前はラップやってたばーよ」

「へえ、そうなんですね」

荒野も知らない話だった。

「ああ、おれ、京都の大学いただろ？　中退しちゃったけど。そのときにいろいろやってたんだよ。ショウゴもよく遊びにきてくれてな。ブラック・ボックス。クラブメトロ。ウーピーズ。おれらの遊び場だった。回して、酒のんで踊って。ときには語ったり、情けないこともあった。いい思い出さ」

「沖縄はロックが強いやし？　でもおれらはブラック・ミュージックこそ沖縄に必要で熱くなるシーンだと思ったから、こんなイベントやってるばーよ」

愛里はこのふたりの志に、寒くもないのに震えた。

「ああ、ただ、311があっただろ？　おれは学生有志と脱原発デモや医療大麻解放運動。大学の非常勤講師の雇止め反対の学生闘争に走って、公安に目をつけられ、表舞台に立てなくなったんだ。でも、いつか沖縄のシーンと京都の懐かしい仲間たちをジョイントしてミックス・アップしたいと思ってて、だからだれもやりたがらない裏方に回ったのさ」

「でも、やーそっちのほうがもうかってるんだろ？」

「だな。性にあってるみたいだ。さあ、昔話はこの辺にしてリハやろうか」

愛里ははじめてステージの上に立った。客はまだ来ていない。いつものアイランド・ラボのみんなとクラブ911のスタッフだけだ。ステージの上にはショウゴもいる。荒野は早速カメラを回している。

「あー、マイクチェック、マイクチェック。おし、気風。なんか流せ」

気風は漢の〈何喰わぬ顔しているならず者〉を流した。

「PA聴こえるかー？」

ジョーが舞台から一番遠い場所で手をあげる。

「オッケー。じゃあピンスポにして、ミラーボールと二番マイクのチェック」

ところどころ割れたミラーボールが回転する。赤いスポットが当たると、赤い目のような光がクラブじゅうを徘徊する。ショウゴが二番マイクを愛里に渡す。気風が〈亡国の歌〉のインストをかける。愛里は荒野を見た。

「歌うの？」

「歌って」

その声は愛里に届かなかったが、口の動きでわかったらしく、震えた声で歌いはじめた。しだいに声が大きくなる

嗚呼、ビー・フリー
この国は選んだ
だからビー・フリー
この国は滅んだ
だけどビー・フリー
手に入れたよね
それはビー・フリー
手に入れたいすべて

青い夢に泳いでいたのさ
道なき道進んできたのさ
360と5　24時間は
夜中　目玉　剥き　踊る　地団駄
揺れる地盤が　それがご自慢さ
まるで漫談なアンサー　自業自得さ
古ぼけたナンバー　は何番？　でも
誰が相手　でも　ここで起こすテロ
はなから相手　じゃないんだ観衆
アイ・ラービュー　アイ・ファッキュー
嘘だよ嘘　怒んないで
ここにおいで　さあ武器を置いて
このまま老いて枯れないで
このまま置いてかれ泣いて
新時代　なんて夢見ないで
信じたい　暖かい未来へ

戻ろうよ　残そうよ
例えばこんな　亡国の歌を

ワンバース歌い終わると全員が固まった。パパ・ジョー以外は。彼にはこのビジョンが見えていた。綺麗な曲に、男の歌詞。それを透き通るような声で少女が歌う。それはこれほどまでにないインパクトを与えた。

アイランド・ラボのチームは集まり、みんなが愛里をほめちぎる。そのあいだ、ショウゴは冷蔵庫からビールを二本とり出し、パパ・ジョーに近づいた。

「いい原石だろ?」

「やーが言うだけはあるな」

「たのむよ。テラ・スコラ、二代目リーダーさん」

缶ビールが開く音がふたつ響いた。

「若い才能に」

「かりー!」

カン。爆音の中、ふたりだけに届くほどの声で沖縄が応えた。

フラワー・チルドレン

「荒野さん。行きますよ」

撮影が終わり、朝までのんでいた荒野の部屋に、ソフィアがあらわれた。彼女が珍しく外行きの格好をしている。

「ソフィアたん。ノックくらいしようよ」

寝ぼけまなこでメガネをとり、携帯を見る。午前十一時。確かにすこしばかり眠り過ぎたか。荒野は思った。昨日の興奮冷めやらぬまま街にくりだしたため、何時に帰ってきたのかも定かではない。

「で、どったの？」

「今から打ち合わせなので、送ってもらおうと思いまして」

「タクシーで行きなよー」

言いながら荒野はちゃんと体を起こした。

「あら、あの車の頭金を出すときに交わした約束、忘れていませんよね？」

「……ソフィアたんの用事があるときは、優先すること」

ソフィアは食ってかかろうかという顔を緩めて、静かに微笑んだ。

「じゃあ、目覚めにアイスコーヒーでもいれましょうか？」

「……はい」

遅めの朝食を口に運びながら、荒野は今日までのいきさつを聞いた。昔仕事をしたことのある出版社が文芸誌を出すこと、その小説の挿絵を頼まれたこと、その小説の書き手が新人だということ。など。荒野はそういうことか、張り切るわけだ。声に出さずにそう感じた。ソフィアの絵は、見るものを魅了するが、好まないひともいる。静けさの奥に潜む激情と反戦の誓い。それは孫の荒野から見ても、いささか狂気的だった。

「ごちそうさまでした」

「着替えていらっしゃい」

そういうとソフィアは自ら荒野の朝食の皿を流しに片しはじめた。荒野は時間が迫っていると感じ、急いでアロハと短パンを脱ぎ、こぎれいなシャツとジーパンに着替え、久しぶりに靴下を履いた。

「行きましょう」

ソフィアにしては珍しく、洗い物を水につけ、石鹸を何プッシュかして浸けおくだけだった。それほど彼女は久しぶりのワクワクを感じていた。

車に乗りこむ。運転中に、荒野は昨日のライブの話をした。アイリーン・カンナビスがいかに客にうけていたか、どんな映像が撮れたかなど。ソフィアはたしなめることもせず静かにほほえみ、ええ、ええ、と聞いていた。


「すいません。遅くなって」

待ち合わせ場所のカフェにいるか出版の渡久地一美があらわれた。ソフィアは立って一礼する。荒野も慌ててそうする。

「すいません。ちょっと道が混んでて。どうぞ、かけてください」

「失礼します」

店員が注文をとりに来た。一美はカフェオレを、と言って、カバンから封筒をとり出した。

ソフィアが声をかける。

「お孫さん?」

「ええ、孫です」

「金城荒野さんですよね、映像の分野で頑張っているそうで」

「初めまして」

荒野が頭を下げる。ふたりは荒野のその姿に微笑んだ。

「お久しぶりですね」

ソフィアが一美に語りかける。

「ええ。本当に。すいません。むこうも道が混んでいるようで、あと五分くらいでつくかと」

「そうですか。では、先に作品を読んでも？」

あ、はい。一美は封筒から原稿の束をとり出した。

「一話から、三話まで書いてあります」

ソフィアは老眼鏡をかけ、目を通しはじめた。一枚読み終わるとそれを荒野に渡す。読め、ということだと荒野は理解し、二日酔いの頭で読みはじめた。内容はなかなかに辛辣な軍国主義の批判からはじまり、主人公が歌を歌う少女と出会うところで一話は完結した。

「面白いですね」

荒野が軽く言う。一美ははにかみつつも愛想笑いを返した。

「中国圏からきた少女なら、ぼくもそれをテーマに今、作品を撮ってるんですよ」

ソフィアは黙って二話に没頭している。カフェの入り口に、赤髪の男がはいってきた。

「あ、順次。こっち！」

一美が手を振る。順次がやってきた。全員立ちあがる。

「初めまして、渡久地順次です」

「金城ソフィアです。こっちは付き添いで孫の荒野です」

「ども」

全員が席に着く。順次はホットコーヒーをたのんだ。一美が真剣に見ているソフィアにおそるおそる尋ねた。

「どうでしょう？　印象として」

ふー。鼻でソフィアは息を吐いて、前に並ぶふたりの顔を交互に見て、それから荒野に視線を向けた。荒野が応える。

「——、いいと思うよ。まだ一話しか読んでないけど面白い」

「一話は投げ石や」

一美が固まる。荒野も順次の態度にすこしカチンときたが、その文才は認めざるを得ない。自分にない才能だと感じ、態度に出すのはこらえた。ソフィアは三話まで読み終えると言った。

「ここから、どういう展開になるんですか？」

「ソフィアさんは尊敬してます。せやけど、表現者ならわかる思いますけど、あんまりアイディアの話はしたないっすね」

「原題の〈すべての武器を楽器に〉は、喜納昌吉？」

「そうです。自分、自分のことは〈フラワー・チルドレン〉思ってますんで」

「だ、そうですよ。フラワー・チルドレンさん？」

荒野と順次は侍のつばぜり合いのような視線を交わし、どちらともなく外した。そうして荒野と順次は出会った。これがはじめての対面だった。


荒野とパパ・ジョー。ショウゴの三人は、アイリーン・カンナビスの名前を売るために必死になって動いた。荒野は映画の編集と、ユーチューブに愛里が歌う往年のナンバーのカバー曲をあげていた。おかげで愛里のギターの腕前もあがり、アイリーン・カンナビスの名前も売れてきた。愛里はブルースが好きだが、パパ・ジョーはアイリーン・カンナビスをR＆Bの女王にすべく、曲作りと録音に余念がなかった。ショウゴは愛里が各地でゲリラライブを行う際の広報活動に尽力した。

とうの愛里は、大きくなっていくプロジェクトに困惑しながらも、それが糧になり、充実した毎日を送っていた。季節は夏。蝉しぐれが降り注ぐ中、学生たちは学期のレポート作成に奔走しているところだった。

「愛里ー！　遊びにきたでー！」

「あ、順次」

「またライブ行けへんかったからな、おわびや」

愛里の働くラーメン店に順次が現れた。順次はいつしか愛里の大学での唯一の友人になっていた。愛里は、順次が自分をモデルに小説を書いていることなんて、知る由もない。

「今日も酸辣湯麺と台湾チャーハン？」

「お、わかってるやん。それで！」

ラーメンは店長がつくるがチャーハンは愛里がつくっていた。それを知っている順次はいつもこのセットを頼むのだ。厨房でじんわり汗をかきながら、一生懸命に愛里が鍋を振るう姿を、順次は見つめている。

「はい、どうぞ」

最近では愛里の日本語も様になってきた。

「愛里。おれついに雑誌デビューやで」

「雑誌？　なんの？」

「あれ、言ってへんかったっけ？」

順次がうそぶく。愛里は眉間にしわを寄せて考えるが聞いていないことを思い出せるはずもなく、首をかしげた。

「おれ、沖縄の文芸誌に小説の連載が決まってん」

「レンサイ……？」

「ま、雑誌に毎月小説が載るんや」

「えー、すごーい！」

「すごいのは愛里やで。動画見たけどまた十万再生越えやん。レベル高い沖縄の音楽シーンでそこまで行ければ上等や」

愛里にその言葉はすこしかゆかった。

「すごいのは愛里じゃなくてアイランド・ラボだよ」

「代表のひとに会ってみたいわー。男なん？　女なん？」

「男」

順次はすこし残念そうな顔をした。

「愛里はもともと綺麗やけど、めっちゃ綺麗に撮ってくれはるよな」

愛里が赤くなる。順次はちょいと酸っぱい汁に蓮華を沈めて、ふーふーしながら酸辣湯をすする。やっぱこれやなー。笑って愛里を見た。愛里も笑った。

アイランド・ラボに、愛里がやってきた。すると、中には荒野と夏美がいた。

「じゃ、そういうことだから」

夏美は吐き捨てて、愛里の横を怖い顔で通り抜けた。

「愛里。今日は出かけるぞ」

「え、撮影?」

「いや、顔見せ」

有無を言わさない態度で荒野は愛里の手をとり、黄色の車に乗った。エンジンをかける。パパ・ジョーがマスタリングした、アイリーン・カンナビスの歌が流れる。すこし愛里はこっぱずかしかった。

「夏美さんは……?」

「ん? 気にすんな」

「どこに?」

「ジョーさんとこ」

知っている場所で、すこし愛里は安堵する。しかし、荒野の緊張が伝わってきて、張りつめた気持ちのまま、座席が広く感じ、落ち着かなかった。

「ワーグワーン、ホーミィ？」

「お疲れ様ですジョーさん。みなさん」

中に入ると、ジョーにショウゴ、気風。そして愛里の知らないいかにもガラの悪そうな男たちがいた。愛里の心臓がバクバクいう。ジョーが紫のバッツを出して、グラインダーで刻み、巻いたブラントを回しはじめた。

「あの、今日はどういう……？」

愛里が言うと、線を抜かれた電話機のような沈黙が、一瞬流れた。そして、だれともなく笑いだした。愛里はパニックだ。

「荒野。お前悪いやつだなー！　なんの話かわからんかったらこのメンツは怖いだろ！」

ショウゴが言う。濃厚な煙が回される。

「まあ、アイリーンのこと知らないやつもいるし、まずは自己紹介を」

ジョーが提案する。敵意がないことがわかった愛里はひとまず胸をなでおろし全員と目を合わせた。

「台北から来ました。アイリーン・カンナビスです。どうぞよろしくお願いします」

愛里は深々と頭を下げた。バンダナを前で結んだ男が話し出す。

「ここに集まったのは、フラワー・チルドレン、テラ・スコラのメンバーだ」

フラワー・チルドレンという言葉は、愛里にも聞き覚えがあった。

「フラワー・チルドレンの、……テラ・スコラ？」

「テラ、は地球。スコラ、は教室」

荒野が耳打ちする。

「スコラ哲学のこと。こいつらで、アイリーン、やーのことをサポートしていく」

ショウゴが口をはさむ。バンダナの男がまた話す。

「まあ、アートでひとびとの意識を変えることを目的とした、そんな集団だ。おれはプロモーター兼、作詞家兼ラッパーのカズ」

「え、プロモーターさん？」

「ああ、流通会社やレッスンスタジオ、トラックメーカー、ショップなんかにはおれが顔を効かせる。こっちはドラムのリョウとベースのウェンにギター、タケシ。ＤＪの気風は知ってるな？　アイリーン、君のバックバンドだ」

「バンド？」

全員が顔を見合わせる。そしてその冷たい目は荒野にむけられた。

「えー、やーなんも話してんばー？」

「すいません。さっきちょっと夏美ともめてたんで」

「あー、あの件ダメだったば？」

「もうちょい、待ってください」

「はい。パープルヘイズ」

ジョーから愛里にブラントが回ってきた。そしてパパ・ジョーが説明する。

「荒野からなにも聞いてないようだから説明すると、アイリーン、君のインディーズデビューが決まった。ミニアルバムだけどな。それで、県内のいくつかの大きいイベントに話をつないだんだ。司会と仕切りはショウゴ、裏方はおれとカズ。あとの四人はアイリーン・カンナビスのバックバンドだ。イベントのギャラは高くはないが、ＣＤの売り上げの純益の一割が君に払われる」

アイリーンは驚きと煙に咳きこみながら、荒野を見た。

「つまり、夏休みのあいだ、ツアーするんだ。もちろんおれも同行して、君を撮る」

晴天の霹靂に愛里はパニックだ。それを察したのか、パパ・ジョーは言った。

「ここにいる全員が君の才能に惚れこんだ。だから支援していく。ただの仕事仲間ではなく、アイランド・ラボ同様、沖縄での家族だと思ってくれ。これから、よろしくたのむよ」

家族。その言葉は、故郷を飛び出して、自分の可能性を試しに単身やってきた愛里には、力強く、温かい言葉だった。愛里はうつむいて肩を震わせた。先の見えなくなっていた活動に、ひとつ光が見えた気がしたからだ。パパ・ジョーが笑いながら愛里の肩を小突く。

「ワーグワーン？　アイリーン」

「や、ヤーマン……？」

みんな微笑ましく彼女を見る。すねに傷をもつ荒々しいメンバーだが、傷のぶんだけ優しい目を持っていた。荒野は愛里の肩を優しく抱いてやった。


その日の夜。愛里は夢の中にいた。いつもの夢。しかし、色が濃い紫だった。愛里は察した。あのパープルヘイズを吸ったことによる変化だと。あいかわらず歌が聴こえる。しかし、音が以前よりはっきりしていた。懐かしい、オールド・スウィート・ソング。長年着こなした古着のような落ち着いた歌。彼女は直感的に思った。自分はこの歌に近づくべきだと。すると、今までたもっていた浮力のようなものが、からだから抜け落ちたような感覚がおき、まるで高い空から落下しているような重力の磁場を感じた。しかし落ちているはずなのに光は大きくなる。

——愛里！

誰かの叫び声。そして目が覚め、朝だ。

その日の夜。荒野は夢の中にいた。パープルヘイズのおかげで、深い青だった世界は、紫色に変わっている。すると、どこからか話し声が聴こえた。男か女か、なにを話しているのかもわからない。しかしソフィアのアドバイスは正しいようで、日常生活が変わると夢が変わった。光が見える。近づこうと足を踏みだした。すると、足はぬかるみにはまったようにズブリと紫に埋まった。まだ、先には進めないってことか。荒野は納得した。すると歌が聴こえた。それは自分の内側から反響している。なにかがまた、自分の中で変容しようとしている。まるで胎動だった。

——荒野！

誰かの叫び声。そして目が覚め、朝だ。

ある日の朝、ようやく編集作業を終えた荒野は、リビングにあらわれた。しかしそこに祖母の姿はない。もう六時だ。目覚めてないということはないだろう。そう感じた荒野はソフィアの寝室横のアトリエにむかった。

「ソフィアたん。うおっ！」

そこには、ツナギ姿でカンバスに筆をふるうソフィアがいた。真剣な表情をしている。カンバスには美しい沖縄の海と夕日が描かれている。

「あ、おはようございます荒野さん。朝ごはんにしますか？」

「何時からやってんの？」

「さあ、覚えていません」

やれやれといった顔を荒野はした。ソフィアは荒野の生活には口を出してくるが、絵のことといったら、自分の生活のなにもかもを犠牲にしてもかまわないといったところがある。根っからのアーティストだ。ソフィアは丸イスの上の冷めきったコーヒーをのんで、キッチンにむかった。

「荒野さんも、徹夜ですか？」

「うん。終わったけどね。あとはデータを送るだけ」

「じゃあ、アイランド・ラボは集まらないのですか？」

「打ち上げしようと思ってるけど……」

ソフィアがレタスをザクザク切っている。荒野はその「間」に嫌な予感がした。

「うちでやったらどうですか？」

「……なにか考えがあるんでしょ？」

「わかります？」

ソフィアはいたずらっぽく微笑んだ。こうなったら弱いのは荒野だ。ここで口ごたえすると、住まわせていることや、車の頭金などの話になるからだ。

「――ごちそう、つくってくれんの？」

「ええ、もちろん」

荒野は携帯をとり出して、悠一に連絡を入れた。朝早いのに、三コール目で出た。

『もしもし』

「もしもし、悠一？　今日データ送るんだけど、うちで打ち上げするから」

『……ソフィアたんか？』

小声で悠一が尋ねる。大方の察しはついているようだった。

「そゆこと。連絡まわしといて。うちに夜八時前後に集合と」

『了解』

「あ、アイリーンだけど」

『アイリーン』

「あ、ああ。愛里だけど、おれんちわからないはずだから、拾ってやって」

わかった。と言って悠一は電話を切った。荒野は愛里のことをアイリーンと呼んでしまったことにすこし違和感を覚えたが、気にしないことにして、レタスチャーハンを食べ、パソコン作業にもどった。

リビングのおおきなテーブルをどかして、カーペットを敷き、呑めや歌えの宴会がはじまった。その日はアイランド・ラボのメンバーが全員集まった。バイトがはいっているメンバーもシフトを変わってもらったり、仮病などを使い、みんなそろっての大宴会だ。普段は酒をあまりのまない、荒野や愛里ものんでいる。そのとき、チャイムがなった。ごちそうをつくっていたソフィアがエプロンで手をふき、玄関へむかった。

「どちら?」

「アイ・リアリー・ヲンテッド・トゥ・シー・ユー。ソフィア」

「ジョー! 久しぶりですね」

ふたりは軽くハグをし、ビズを交わした。

「髪、伸びたんじゃないですか?」

「ええ、そうかもしれません」

「今日はどうして?」

「ショウゴのやつに頼まれたんです。あいつ今日、食堂の当番なんで」

「ああ、そうですか。さ、あがってくださいな」

リビングに、パパ・ジョーが現れた。歓声があがる。

「ワーグワーン？　ホーミィ」

「ヤーマン！」

夏美が元気にあいさつを返す。

荒野に近づいて、ちいさな紙袋を渡す。

「カナダからやってきたメディカル・マリファナだ。おれとショウゴからのおごりな」

「すいません」

「いいんだ。で、映画の出来栄えはどうなんだ？」

「見て行かれます？」

「いや、時間がないんだ。また今度にするかな」

そう言ってパパ・ジョーはカバンからCDをとり出した。荒野に目配せする。

「アイリーン」

愛里が駆け寄る。メンバーは一瞬三人を見たが、また他愛もない会話に戻った。

「新曲のCDだ、四曲入ってる。これに〈亡国の歌〉をいれてミニアルバムにする。レコーディングは一週間に一回ペースでやるから。がんばってな」

愛里は複雑そうな顔でそれを受けとった。まだ自分に自信がなかった。

「君は必ず成功する。ロックとR&Bの融合。さらにはヒップホップの歌詞と文化を取り入れた、まるで核融合炉だ。あとはライブになれること。とめどないエネルギーの変容を期待しているよ」

そう言うと、ジョーは、荒野と笑顔でハンドサインを交わして、ソフィアにあいさつし帰っていった。

「みなさんにお願いがあります」

円もたけなわとなったころ、ソフィアは全員に話しかけた。

「なーんでしょう？」

夏美は泥酔している。口調も変だ。みんなも出来上がっているが夏美ほどではない。

「今、雑誌の小説の絵を描いていますが、それを最後に「汚して」ほしいのです」

一様にみなぽかんとする。ソフィアはアトリエにむかった。みんなもついて行く。荒野が朝見た、海の絵。みんながその絵の美しさに嘆息していると、ソフィアはパレットに赤い絵の具を広げた。

「手を出してください」

全員に嫌な予感がする。ソフィアはみんなの手に赤い色を塗りはじめた。

悠一が荒野を見る。

「おいおい。うそだろ」

「いや、ソフィアたんのことだから……」

「はい、この絵に掌紋がつくぐらい手を押しつけてください」

やっぱり。荒野はソフィアが単純な美しい海なんて描くはずはないと思っていた。

そして出来上がった絵は、美しい海から赤い手が迫ってくる絵にかわった。みんなが台所で順番よく手を洗っているとき、愛里はその絵に釘付けになっていた。

「どう、思います？」

ソフィアから問われた愛里は絵から目をそらさずに応えた。

「海が穏やかで空も綺麗。でもこの赤い手が不安にさせる絵です」

ソフィアは満足したように鼻で息を吐いて、そっと語りかけた。

「そうです。この小説のはじまりは、空や海からやってくる災害ではありません」

愛里は胸がなぜだかバクバクしていた。

「空の向こう、海の向こうからやってくる人災です」


レコーディングは滞りなく進んだ。もともと白い布のような愛里に歌で色をつけるのは簡単な作業だった。愛里が大変だったのは、レコーディングよりも生活だった。バンド練習のためバイトを週四だったのを週二に減らし、贅沢を避けていた。もともと細身だった彼女は痛々しくやつれた。

しかし、その中で自分が研ぎ澄まされていくのが分かった。歌はまるで風に立つライオンのように気高く、優しく、荒々しかった。

ある日、ジョーに電話で呼び出された。愛里は不思議に思いながらも、ジョーのいるスタジオへむかった。

「ジョーさん、お疲れ様です」

「おはよう。アイリーン」

ジョーはいつなん時でも、おはよう、だ。

「今日はなんでしょう？」

「いい曲ができたんだ。ミニアルバムには追加できないけど、計画が進んでるからな。ライブで披露できるし、次のリリースが決まった時のために、録っておきたいと思ってな」

部屋にはストリングスのきいた、切ない曲が流れていた。

「綺麗な曲」

「曲名は〈兵輪の歌〉。歌詞もできてる。今から覚えて」

「お疲れ様でーす」

悠一がやってきた。荒野のカメラを持っている。

「あれ？　悠一」

「荒野の代役。あいつずっと編集でバイトサボってたから」

　愛里は納得して歌をヘッドフォンで聴きはじめた。歌詞に目を通す。歌詞の内容はまるで、異国の戦地で故郷の花畑を思い出す、兵士の心情をつづったような歌だった。愛里はヘッドフォンを外した。すると、ふたりは世間話をしていた。

「吉田寮で歌ってたんですか？」

「ああ、そうだよ。打ちこみとボコボコのマイクさしたメガホンで。まーでも今もあの寮を取り壊したい学校側と、存続を守りたい学生、ＯＢでもめてるらしいけどな」

「へえー。知らなかったっす」

「語ることじゃないから。でも忘れるなよ。吉田寮もそうだし、医療大麻解放運動や脱原発運動のときもそうだったが、権利を主張するにはそれ相応の覚悟と、周囲の理解がなきゃだめだ。ひとり相撲になっちまう。おれのことを応援してくれる大人もいたけどごくわずかだった。とてもじゃないが学生の有志では太刀打ちできなかった。そしておれは外堀を埋められ、孤立し、この狭い部屋にひとりだ」

　悠一も、愛里も言葉を失う。

「お前らは同じ失敗をするな。大人と世論を味方につけろ。大人にもいろんなやつがいる。利用しようとしてくるやつもいるだろう、そういうやつは逆に利用してやるぐらいの気持ちで食ってかかれ。勝ち進んでいけば、世論はついてくる」

愛里にはすこし難しかったが、パパ・ジョーがなぜ「パパ」なのかわかった気がした。

「しかし、フラワー・チルドレンは弱体化しているって、岩が」

「信じろ、悠一。お前が荒野に期待している、沖縄での医療大麻の解放は近いさ」

ジョーはそう言って、愛里にウィンクした。

平和の歌がいい　は　兵輪の疑い
平和の歌がいい　は　兵輪の疑い
平和の歌がいい　は　兵輪の疑い
平和の歌がいい　は　兵輪の疑い

荒野はというと、愛里のデビューのための下働きに、週に一回のアイリーン・カンナビスが歌う、往年のヒット曲をユーチューブにあげるので手一杯だった。しかし、その日はショウゴ呼び出されて焼き鳥屋にいた。アイリーン・カンナビスの撮影は右腕の悠一に任せた。のれんは出ていない。店内には荒野とショウゴしかいなかった。カウンター席に並んで座る。酒と用意されたつまみを食べながら話す。

「――ってことだったばーよなー！」

「それ、まじっすか！」

店内にふたつ、笑い声が響く。そして、ショウゴが口を開いた。

「なあ、荒野。やーとのつきあいも長いよなー」

「はい、そうですね」

「お前は頭もキレるし、顔も広い。夢だってある」

「……はい」

荒野はそのトーンに引っぱられて、それが大事な話だと気づく。

「でも、その夢の実現にはもっと金と力がいると思わんか？」

「そりゃそうですけど……。はっきり言ってくださいなんの話ですか？」

「まあ聞け。アイリーン・カンナビスのデビューでヤマ動かすには、すこしばかりおれたちも無茶しないといけないと思うばーよ。おれはな。だからブツの種類を増やしたいわけよ」

荒野は沈黙して、ショウゴを見る。ショウゴは残波の黒を氷の入ったグラスに注ぐ。

「――マリファナだけではだめだと？」

「もちろんシャブやヘロは売らん。それは約束する」

「わかってます。沖縄をこれ以上汚させないためにテラ・スコラはあるんでしょう？」

「ああ。けどカルメン・マキも〈１９９９〉で歌っているように〈メディテーション〉はコカインやＬＳＤでも感覚が広がるだろ？」

メディテーションとは、特定の宗教を信仰している人間が瞑想によって得られるビジョンに身をゆだねることだ。

「キノコは怖いけどな！」

ショウゴがキノコの下りで笑って見せる。荒野は笑わない。

「おまえも高校まではなんでもやってたやし」

ショウゴが問い詰めた。

「そうですけど……」

「アイリーンにはマリファナしかやらせてんばー？」

「はい」

ショウゴの目が点になる。そしてニヤッとした。

「ほれてるなー」

「違いますよ！」

荒野が声を荒げた。

「あれか、夏美のことか？」

「……はい」

「そうか」

「はい」

「わかった。まあ、考えとけ。そう言えばお前たち、またコンクールに応募したってな？」

「はい」

「今度こそどっかから声かかるかもしれんぜ」

「はい」

明らかにいかっている荒野を見て、ショウゴは眉をひそめたが、酒と言葉をのみこんで、「うるま」に火をつけた。タール十七の安タバコのにおいが、これからはじまるのは夢と希望の物語ではないことを告げていた。

線と点

「よっ！　アイリーン。調子ええみたいやん」

愛里は県内ではじまったライブハウス巡りも二か所を終え、インディーズで県内のレコード・ＣＤショップや服屋などに置いてある、ＣＤの売り上げもほそぼぞ売れはじめた、といったところだった。

「あ、順次」

キャンパスを歩いていると、順次に声をかけられ、レポートを提出するべく教員棟を目指していた愛里は足を止めた。アイリーンと呼ばれることに、もう彼女はなんの違和感も抱いていない。

「これ！　読んだ？」

「……？　読んでない」

『モンク』という名の、すこし厚めの雑誌だった。

「せやろな。今日出てん。コンビニとか書店においてあるような、新しい雑誌やねんけど、おれの小説が載ってるんや」

指で付箋してあった場所をぺらっとめくる。愛里は息をのんだ。

――この絵。

そこには、順次の文章の裏に透けるように、荒野の家で見たソフィアの絵が印刷されていた。

「愛里は、文章は難しくてわからんかもしれんけど、よければ買ってなー。ほな」

順次は突如発生した低気圧のように愛里のこころをかき乱し去っていった。彼女のこころに残ったのは、荒野と順次の関係を越えて、ふたりに感じている意識の高さのようなものがぴったり重なったことにあった。気づくと沖縄はとっくに梅雨を終え、夏真っ盛りだった。

アイランド・ラボではその封筒を、監督である荒野が開けるところだった。出てきた書類に目を通し、荒野は投げやりにその紙を悠一につきつけた。みんながのぞき見る。

「へー。〈審査員特別賞〉だって。前の〈努力賞〉よりはいいってこと?」

夏美が首をかしげる。

「あほ。特別賞ってのは該当する賞がないから設けられるもんだ。ほかとは違う。比較にならない。審査員は、小嶺健三。――だれだそりゃ。荒野、知ってるか?」

荒野は背を向けたままタバコに火をつけ応えない。それが回答だった。

「なになに、健三いわく、「映像は美しく、まるで〈ピアノマン〉のプロモーションビデオのようだったが、以前観た作品とストーリーが代わり映えせず単調だった。もっと脚本を練り、次回に挑んでほしい。」だと」

岩が鼻で息を吐く。

「おれのストーリーじゃ薄っぺらいってさ」

荒野が明らかにへそを曲げている。みんな沈黙した。それが彼は許せなかった。

「ちょっと出てくる」

荒野がアジトをあとにする。張りつめていた緊張が解け、みんなが安堵する様子をみて、愛里も気を緩めた。日が暮れてきた。悠一がブラインドを開けると、窓からみかん色の閃光が注いだ。

「だから嫌だったのよこの役」

「そんなこと言うなよ。夏美がヒロインだったたんだから」

「あんたが相手じゃなきゃね」

「なんだよ」

夏美と悠一がにらみあう。耐え切れずに愛里が口を開く。

「荒野、どこに?」

岩に尋ねる。岩は表情変えず応えた。

「まあ、いつものとこだろうな」

「あとで迎えに行くか」

悠一が岩に応えて、場は空気が落ち着いた。


クーラーの効かないハイエースに乗って、荒野を迎えに、アイランド・ラボのメンバーは街を流していた。途中、ドリンクと冷気を求めて、コンビニにはいった。愛里はそこで『モンク』を見つけた。

その文芸誌はまるではじめてドラッグをやったときのような〈不気味〉さと〈興味〉を愛里のまぶたに焼き付けた。手にとってページをめくる。ソフィアの絵は印象深かったので、彼女はすぐそこで立ち止まれた。

「あ、ソフィアたんの絵じゃん」

うしろから夏美が顔を出す。愛里はふり返って。まぶたをぱちくりさせながら応えた。

「これ、書いてるひと、愛里のとも、……知り合い？」

友だちとは、言い切らなかった。

「え、知り合いなの？　えーっと渡久地順次？」

愛里の手からモンクを奪い取る。

「大学が一緒」

「へー、O大学に小説家がねー」

夏美は紙面をざっと見して、愛里にふり返った。

「面白そうじゃん。脚本、たのむ？」

「あ、え」

愛里は困った。

「嘘嘘」

ケラケラ笑って夏美は、商品棚からブラック・ニッカをとって、レジへむかった。愛里はなんとなく、なぜ今自分が困ったのかを理解したくて、モンクを買うためにレジに並んだ。夏美はふり返らなかった。


西海岸、小高い丘の上の電波塔。その前に荒野の黄色いベンツは停まっていた。

「ここ」

「ここ?」

みんなが車から降りたため、愛里も慌ててあとを追う。

「ここがだれか破ってんだよ」

フェンスが一見それとはわからないように、切られてある。そこから身をかがめ、くぐると、愛里の目にはタバコをふかす荒野の後ろ姿と、大きな太陽が波間に沈んでいく様子が見えた。荒野が気配に気づいて振り返る。

「くるんじゃねーよ。おれの秘密の場所だぞ」

夏美はその横に腰を下ろした。

「あら、あたしたちの、でしょ?」

「おれたち全員の、だ」

悠一が口をはさむ。荒野はけっと言って、何も語らず、ただ夕日を眺めていた。

「大丈夫、また、いいの撮れるよ」

酔いがさめたかのように夏美が真剣な表情で荒野に語りかけた。

「そういう顔してると、まだ女だな」

「なによー!」

夏美がこぶしを振り上げる。荒野はそれを見てのけぞり、歯を見せた。それからようやく全員の顔を見て、感傷的ではなく、いつもの荒野に戻った。

なんとなく、愛里は、その表情が忘れられない道しるべにも、呪縛にも見えた。

「荒野、帰ろ」


「ただいまー。ソフィアたん」

「遅かったですね。今日は賞の発表があったんでしょう?」

「ああ」

そう言ってソフィアに書類を見せる。ソフィアは優しい表情でそれを見つめ、微笑みを浮かべた。

「とりあえず、おめでとうと言っておきましょう」

「着替えるよ。ソフィアたん」

荒野は、すっきりとした表情で言った。

「おれ、まだガキだったわ」

ソフィアは目を丸くする。彼女からすれば幼い孫が、兵士であった兄が帰ってきたときのように、男前に見えた。ソフィアは自室へ戻った荒野から目を切り、台所の出窓に置いてある写真立てを見つめて笑った。

「あなたの孫が、またひとつ大きくなって帰ってきましたよ」

トマトスープの優しい色と香りが、家中に満たされたようだった。


愛里はあの青のパジャマに着替えて、辞書代わりにスマホを持ち、ベッドに横になり、モンクを開いた。巻頭の偉い人のメッセージを無視し、文芸誌らしからぬ沖縄の街のスナップなどを眺め、後半も後半に載っている順次の小説にたどり着く。

——どんな物語なんだろう。

タイトルは〈すべての武器を楽器に〉である。彼女はわくわくして読み進めた。主人公が台湾からきた少女であるところから、感情移入し、読みやすかった。順次のあっけらかんとしている性格もあって、比喩などは少なく、ストレートに書いてあることも彼女にはよかった。読み終えると、プロローグだが一本の小説を読んだようにハートブレイクだった。

——すごいなあ。みんな。

荒野には、撮る才能。順次には書く才能。夏美には演る才能。ソフィアには描く才能。パパ・ジョー。ショウゴ。悠一。岩。どれもいろんな色があり、この沖縄という、土着しない様々な文化が入り乱れる場所だからこそのカラフルさを見た。

――じゃあ、愛里には？

歌。演技。それだけは評価されているようだったが、愛里にはまだ自分に自信が持てなかった。同時に、表現ということを考える。周りに今いるひとの顔と才能を線と点でつなぎ合わせたら大きくなるような気がした。そしてそのまま眠りに落ち、久しぶりに青い夢を見た。すこし、緑がかっているような気がした。


荒野のもとに、パパ・ジョーから着信がはいった。眠気まなこで深緑の夢から覚めた荒野は、ナンバーを確認すると飛び起きてすぐに電話に出た。

「はい！」

『おお、荒野。ワーグワーン？　今出れるか？』

「……？　はい」

『ショウゴをすずらん通りでひろって、一時間以内にスタジオに集合だ。詳しくは会って話す。よろしく！』

「はい」

荒野のこころに、テーブルクロスに落ちた一滴のしずくが染みていくように、不安がじんわりと広がった。落ち着けるために、ハッパを吸う。バッドにはいるかと思ったが、そのアッパーなブツは精神安定剤のように彼のこころに凪を与えた。

すずらん通り――。飲み屋街である普天間において、特殊飲食店街、いわゆる風俗店街でもあった「赤線」と呼ばれる雰囲気を色濃く残し、昭和の残党やベトナム戦の名残も見せる街角。おそらく今現在一番大口であるバーの前に、ショウゴは立っていた。荒野が車を寄せると、助手席に乗りこむ。

「おつかれぃ！　荒野」

「ショウゴさん。お疲れ様です」

「行くか」

車はすこし離れたパパ・ジョーのスタジオにむけて動き出す。

「今日はなんですか？」

「なんも聞いてん？」

「はい」

ショウゴはうるまに火をつける。

「アイリーンの内地への流通先が見つかった。カズとジョーが合わせてくれたって。でかいぜ。関西で」

「京都ですか？」

ショウゴは首を横に振る。荒野にはすぐわかった。

「大阪ですね？」

「食い倒れの街だやー。〈T堂〉」

荒野は琴の大きさに言葉を失う。ショウゴはシリアスに笑った。

「じゃ、今後はネット展開とかも……？」

「あるだろうな」

誰が描いたのかわからない筋書きの上を走っている。車はデイゴ通りに出て、南下する。

クラブＪＪ。ヒューマン・ステージ、ライブスポットアパッチなどでのライブを順調にこなす、愛里。大学は夏休みに入っている。ヒマな時間、バイトを増やそうか、そんなことを考えていたときに、荒野から連絡がはいった。

「もしもし」

『愛里？　今日ちょっと時間ある？』

「はい」

『アジトに四時で』

それだけ言い終わると荒野は電話を切ってしまった。なんだろう。愛里は考えたが、彼の性格も踏まえ、悪い話ではないだろうと、ある種気楽に昼食をとった。

ガレージにつくと、珍しくドアが開いていた。愛里はのぞきこむ。眠たそうにしている荒野だけがいた。近づくと、彼はメガネをかけた。

「愛里か。ドア、閉めて」

愛里が数歩戻りドアを閉める。カギかけて。荒野が言う。ブラインドを下げる。愛里がそうしていつものように荷物を置くと、荒野が机の隅に隠してあった、バズーカに火をつけた。そうすることが当たり前かのように、それはふたりの口から口、手から手へと回された。

「なにから話そうか……」

荒野が思索する。愛里はけむにむせた。

「まあ、言ってしまえばビジネスの話だ」

「ビジネス?」

「アイリーン・カンナビスのおかげで、おれたちにもはくがついた。おかげで桶屋はもうかってるし、言うことなしの働きぶりだ、ありがとう」

愛里はいぶかし気に荒野を見た。そこにいるのはただの男と女の浮ついた関係ではなく、純粋な人間と人間との関係だった。

「そこで、考えた。風は吹いている。追い風だ。井の中の蛙で暮らすか、大海を知るために旅に出るか」

「……ごめん。ちょっとわからない」

感傷的になっている荒野は自嘲気味に笑って言葉を正した。

「オール・オア・ナッシング。大学生にもどるか、スーパースターを目指すか」

「スーパー、スター？　愛里が、……アイリーン・カンナビスが？」

黙ってうなずく。彼は人間。黙って迷う。彼女も人間。

「断ったら、どうなる？」

女が問う。

「断るんだな？」

男が期待をこめて言う。

「荒野は、どうなる？」

男は沈黙を保つ。女はもっと辛抱強い。男が諦める。

「映画を撮って暮らすなんて今後できない。足を洗って、下働き」

「足を洗う？」

「ワーカーさ」

愛里は迷った。曲がりなりにも沖縄で最初にできた友だちだ。しかし、まだ自分にある物差しで測るほどわかってはいないし、自分に測れるだけの物差しがあるのかもわからないからだ。しかし、いつしか――。

「やる」

断言した。決めるのは女だ。男はいつも後手にまわる。そして、気づく。

「やるとなったらとことん、だからな」

愛里は力強くうなずいた。ふたりは酔いがさめるまで、無言で会話した。夕闇が迫っていた。踊るのは月光が差してからだ。


「アイリーン・カンナビスのデビュー曲は〈兵輪の歌〉にする」

「そうですね、これがいい」

スタジオのPA室でパパ・ジョー、ショウゴ、荒野、愛里、そしてプロモーターのカズがアイリーンの声で撮ったダブを聴いている。

「すいません、この〈兵輪〉って……?」

愛里が言う。ジョーが吸いさしのブラントをショウゴに渡した。

「おれたちの造語。オリンピックが迫ってるだろ?」

「はい」

「〈平和の祭典〉がいつから〈兵輪の祭典〉になってるんだって皮肉さ」

「自国の利益だけに目をやって、上だけがもうかるショーバイがなんで平和だって話だわけよ。スポーツが悪いんじゃない、祭り上げる企業やつるし上げるマスコミが良くない」

ショウゴがつづける。

「わーは、たしかに世界中の恵まれない子どものニュースを見ると胸が痛む。オリンピックはそれから抜け出すいい機会かもしれない。けどよ、先進国だって言っているけど、日本の末端、端っこの端っこには今日のメシにもありつけん子どもはいるばーて。そんな国でよく人道とか友愛を語って祭りができるなと思うわけさ」

ショウゴの言うことはすこし度を過ぎていたが、納得できないこともないと、愛里は思った。

「PV制作は荒野に一任するよ。おれらがあれこれ言うことじゃないからな」

「はい！　頑張ります」

カズがバンダナの下から目を光らせた。

「いいか、ふたりは今後プロとしてやってもらう。それ相応の責任が伴うことを忘れるな」

「「はい！」」

「じゃ、盃だな」

ショウゴがカバンから波照間酒造所の幻の泡盛〈泡波〉をとり出した。荒野が人数分、おちょこに注ぐ。

「かりー!」

カチャン。沖縄が若いエネルギーに応え、呼吸した。


荒野は夢を見た。青い夢ではなかった。ショウゴの家で飲み明かしたため、畳の上でタオルケットをかぶっていた。見た夢は、高校のとき、まだ肌寒い春に葉桜を見上げていた、汚れもない可憐な少女。

――あれは。

そのとき、携帯がけたたましく鳴った。画面には「具志堅夏美」の文字。荒野は思い出した。なんのために映像を撮りはじめたかを。それは対象が愛里に変わった今でも変わらないものだった。

「もしもし」

『ようやく出たよー。今どこ?』

面倒くさそうな夏美の不機嫌な声。

「ショウゴさんちだけど、どうした?」

『どうした？　じゃないわよー。あんたが昨日、一時にアイランド・ラボはアジト集合。ってメール入れたんでしょーが。もうみんな待ってるわよ！』

つけっぱなしのテレビでは沖縄のローカルヒーロー、〈ふてんマン〉の五分のアニメが流れている。時刻は十二時五十八分だ。荒野は飛び起きた。

「すまん！　今いく！」

携帯を切り、テーブルに書置きしてショウゴの家を出る。二日酔いのまま黄色いベンツに乗りこんだ。エンジンをかける。兵輪の歌が流れる。雲の多い青空だ。

荒野がアジトにつくと、ラボのメンバーは全員そろっており、テレビがついていた。まだ高校生だったときの夏美が、黒髪をなびかせ、ふり返って笑った。荒野はどきりとする。今の夏美がふり返る。揺れるのは赤みがかった茶髪と、眉間にしわをつくっている化粧の濃い女だった。

「遅い！」

「わりーわりー」

遅刻魔である荒野に、すっかりラボのメンバーは慣れっこだった。荒野はホワイトボードをざっと消して書いた。〈アイリーン・カンナビス。メジャー決定！〉と。

「マジ？」

「おおっ」

夏美と悠一が顔を見合わせる。愛里はすこしむずがゆかった。

「おれたちでＰＶを撮る。さらに、その映像をつかい、半ドキュメンタリー映画をつくるつもりだが、無駄足だったコンクールのせいで、ネタがあまりない。アイディアのあるやつはいるか？」

その言葉にみんな黙りこむ。夏美が手をあげた。

「それ、あたし主演？」

「そうなるな」

「なら、いーけど」

夏美が笑う。

「あ、あの……」

愛里が手をあげる。愛里がこういう場面で発言するのは珍しかった。

「？　どうした愛里」

愛里はカバンからモンクをとり出した。順次とソフィアのページをみんなに見せる。

「このふたりも、一緒に」

まるで見えないところから右フックが飛んできたかのように、みんな面食らった。愛里はきょろきょろと視線を漂わせる。耳まで赤い。

「ソフィアたんはいいけど。その男は変人だぞよっぽど」

「え、荒野、あったことあるの?」

「ソフィアたんの打ち合わせについていってってね」

愛里もそれには驚き、目を丸くした。世間が狭いとはこのことだった。

「愛里の、大学の知り、……友だち」

今度は夏美以外のメンバーが目を丸くする。

「よし、愛里。詳しく話せ」

荒野の青い脳細胞が動いた。


愛里があいだを取り持つことになり、ソフィアの家で荒野、順次、愛里が会うことになった。三人が丸テーブルに座ると、ソフィアがあたたかいジンジャーティーとカンカンのクッキーを出し。アトリエにはいった。

「愛里から話は聞いていると思うが、アイリーン・カンナビスのPVとドキュメンタリー映画を撮ることになった」

「それの原作書いてゆー話やろ?」

「そうだ」

「尺は？」

「一時間半。うち三十分ほどはアイリーン・カンナビスのＰＶに使うライヴ映像もはいる。それで絵コンテを描いてきた。ＰＶの部分以外の脚本を頼みたいんだが」

「ちょーまて、メンバーの顔がわからんのに作品は書けへん。普通に書いたっておもろない。演じてもらう人間が決まってる上で書くんは、コツがいるねん。なんやそのアイランド・ラボやったか？　アジトに招待してーや」

荒野が愛里に目配せする。

「……愛里、順次はやるのか？」

親指と小指を立てて口によせる荒野をみて、順次は笑った。

「ハッパくらいならやるで。おれ、医療大麻常用者やで」

「え、どこか悪い？」

「躁病やねん」

荒野は、また社会に外れた仲間を見つけた。

「よし、よろしく頼むよ、順次」

「おおきに、監督さん」

すでに出されたジンジャーティーはからだ。ころあいを見計らったのか、ソフィアはアトリエから出てきて、人数分の缶ビールを出すと、片づけをはじめた。

「ソフィアさんおおきに！」

「おおきに！」

目的さえ合えば、男二人が仲良くなるなんて簡単だ。愛里は缶ビールをのんだところで、慌ててソフィアが洗い物をしているのに気づき、洗い終わった食器を布きんで乾拭きする。ソフィアはありがとう、と言って愛里を見た。

「あなた、水の相が強いですね」

「水……？」

「はじめ黒目に見えましたが、ろうそくの光でのぞくと深い藍色です。水はいいですよ。岩や石のあいだをすり抜け、鉄をもサビさせ砕きます。その上、生命が生きるのにかかせません。強い力です」

愛里は最初わからなかったが、褒められている気がして頭をさげた。愛里よりもっとはっきりとした青い目はやさしくまたたいた。

「んで、監督さん。ギャラはいくらや？」

「まーまー」

その日、荒野と順次は朝までのんだ。楽しい宴だった。それから、順次は正式なメンバーとして迎え入れられることになる。


闘いの日々にも休息の祭りは訪れる。

「今日、愛里は行くのか？　カーニバル」

アジトについたときに岩が愛里に珍しく声をかけた。

「カーニバル？」

「米軍キャンプだよ」

米軍は時に地域との交流と言い、祭りを開く。普段うるさいヘリや戦闘機も輸送機も戦車をも休み、軍基地がしばし酒と音のでかいパーティ会場となる。

「行くもなにも、アイリーン・カンナビスで出るんだよ」

荒野が応える。悠一が岩に目配せする。悠一がいたずらっぽく言う。

「気をつけろよ愛里。あいつら下手な演奏にゃ厳しいぜ」

愛里は固まってしまう。

「出演依頼はむこうからだ。実力は織り込みつきってことさ」

その荒野のひとことに愛里のこころは氷解した。

「だれだよ、アイリーン・カンナビス呼ぼうってやからは?」

「元バナナ・ジャマイカの従業員だよ。パパ・ジョーさんとのつながりさ」

「やっほー! つくってきたよー!」

夏美が紙袋を片手に登場する。荒野はアイリッシュ・コーヒーを淹れている。

「なんですか?」

愛里が問うと夏美はニヤニヤしながら紙袋を開けた。チョコのいいにおいが広がる。それは手作りのブラウニーだった。それもなかなかの量がある。

「おいしそう」

「でしょ? 昔、ソフィアさんに作り方教えてもらったのよ」

「フェンスを越えたら治外法権だからな。食えるだけ食っとけ」

宜野湾市の普天間にある市民駐車場に車を停める。スペシャルなブラウニーのおかげか、もうみんな胃の中からハイになっている。

宜野湾市普天間——。世界でも知られる、通称〈世界一危険な基地〉ここでは年に一回祭りが行われる。どこのだれでもはいれるが、そこは軍基地。セキュリティチェックがある。なのでハッパを持ってはいれないので、夏美がつくったマリファナ入りの、スペシャル・ブラウニーがかかせないのだ。

「見ろよ、荒野がゲストパス持ってるのにカメラで止められてるぞ」

みんなで笑いながら見守る。

「しかし暑いなー」

四時を回ったとはいえ、沖縄の夏は暑い。しかし、夕方のうちに来ておかなきゃいけない理由があった。それは荒野の独断だが——、夕日と戦闘機、輸送機、ヘリコプターをバックに愛里を映しておきたかったのだ。

「愛里、そのM4カメラにむけてよ」

ここでは、無論弾は入っていないが、実銃を持つこともできる。美女と拳銃。なかなか乙な組み合わせである。

アイランド・ラボも基地が沖縄にありつづけていることは憂慮しているが、このカーニバルの日だけは関係ない。思想や人種の違いなどない。ただ、今日もこの島が平和だったことに対してみんなで喜ぶ日だ。

夕方になる。アイランド・ラボはメイン・ステージ。通称大ステの控室にはいった。そこではいろいろな、本当にいろいろな光景が繰り広げられている。ドラッグを打つもの吸うもの。

「ショウゴさん！」

「おおー、荒野。きてたば？」

ショウゴはブラウンの肌を持つ綺麗な女性といた。ショウゴが口に煙をためて、ゆっくり吐き出すと、女はその煙を口づけするぐらいの距離で吸いこんだ。

――かっこいいひとだな。

「杏さんだよ」

順次に耳打ちされて、愛里は思い出した。新入生歓迎会でトリを務めていたバンドのボーカルだった。

「ザ・バード・イン・トレンチタウン？」

杏はバンドの名前を言われて、愛里に近づいた。

「はじめまして、アイリーン・カンナビス」

「え？」

まるで空が落ちてきたような衝撃。愛里の顔は熱くなる。

「テラ・スコラの飛ぶ鳥を落とす勢いの新人を、知らないわけないでしょ？」

「あ、あの。ファンですっ！」

杏は唇をあげて笑い。片手に持ったコロナの瓶を口によせた。

「荒野。一発目の曲はなにがいい？」

「〈グラニー・ブラウニー〉で」

「あんたここきたらそればっか」

杏はすこし少女的に笑った。

「杏さん」

ショウゴが声をかける。

「あら、もう出番?」

「杏さんこんな早く出るんですか?」

荒野が言うと杏はいたずらっぽく笑った。

「夜はナムラホールでリリパだから」

そう言うと杏はバンドを引き連れて、ステージに上がっていった。観客から歓声が起きる。

「すごいよな杏さん。反戦歌歌ってるのに、米兵からも人気あんだぜ」

「せやろな」

「レディース&レディース!　ディス・イズ・ザ・バード・イン・トレンチタウン!」

最初の曲は荒野の希望通りだった。

あのひとがつくってくれたのよ

グラウニーブラウニー
甘くって柔らかい特別なもの
グラウニーブラウニー
すべて忘れられるわね
嫌なことなんて
すべて思い出せるわね
好きなことなんて

罪と罰

「どーしておれなんだ？」

荒野は半分切れている。

「わからんやっちゃなあ。この作品にはあんたに出てもらなあかんゆーてるやん」

こうした押し問答を、荒野と順次は繰り返していた。

「ラボに出入りするよーなって、あんたの作品観たら、あんたが主演もやったほうがいいねや。第一、最初の作品ではあんた演技してたやん」

「まだ悠一が正式な仲間じゃなかったんだよ。しょうがなかった」

順次が浮島ブルーイングのカウンターで地ビールを飲み干す。

「お兄さんおかわり。同じやつで。――あんなあ、あの夏美はんの顔見たやろ？　あれは恋してる顔やで」

「だから問題があるんだよ」

順次は酔った思考を排除して、感じとった。

「……昔、なんかあったんか？」

荒野はそののど越しを感じながらつづける。

「あの無垢で透明な彼女を、自分好みの色に染めようとその衣をむしって裸にしたのさ」

店が混んできた。声が通りにくくなり、順次は耳をよせた。

「最初は酒にはじまり、ハッパ、コカ、L、なんでも好きなものを与えた。結果、あれだ」

「――後悔の念、か」

「まあ、そんなとこだ。彼女は甘い蜜を吸い過ぎてけがれちまった。それでも――」

「求められてるわけや、今も」

ローストビーフが運ばれてくる。ふたりとも手をつけない。

「原作のタイトルは、決まってるのか？」

「ああ〈ぼくたちが自由を知るときは〉。どや？」

「いいね」

「しかし、そんな過去があるんやな。夏美はん」

「ああ、医療用大麻が欠かせない。あとは酒さえやめれれば」

「なるほどなあ」

「今は悠一が支えてやってる」

「でも夏美はんは、あんさんのことがまだ好きなんやろ?」

お代わりのビールが運ばれてくる。おおきに。受けとって順次はビールをあおった。

「あんさんが愛里に肩入れしてるのに、一歩を踏み出さない理由はそれか」

荒野は応えない。順次は荒野のことを見ずに言った。

「夏美はんのことは同情するけど、ドラッグは自己責任や。あんたとは関係あらへん。それより安定しないあんたというつり橋で、沖縄という籠の中の鳥として寵愛うけてるアイリーンのほうがかわいそうや」

ぐうの音も出ずに、荒野はのみ代をカウンターに置いた。順次が背中で言う。

「あんさんには、出演してもらうで。でなきゃアイリーンはわいがもらう」

クーラーのよく効く室内を出て、水上店舗わきのパーキングエリアへ荒野はむかった。黄色いベンツはクーラーが効かない。着飾った自分によく似た張りぼてだと荒野は感じた。

「どう?」

風に乗って、くるっとシャンプーの柔らかなにおいがする。

夏の暑さまだ残る秋のこと。愛里と順次を除いた、アイランド・ラボのメンバーの母校である、Ｆ高校に撮影隊はきていた。正式に依頼し、案が通ったかたちだ。

「どうよ？」

そこには化粧を落とし、黒髪で当時の制服を着た夏美がいた。荒野は言葉を失っていたことに気づき、目をそらした。

「ああ、あのころのままさ」

「気持ちも？」

夏美がケラケラと、ではなくいたずらっぽく笑った。荒野はなにも応えられずに愛里の近くに行った。それを見て、悠一は鼻で息を吐き、岩と地面にバミリをしていた。順次は興味なさそうに、タオルで汗をふきながら脚本を読んでいる。

「愛里、これつけて」

年季の入ったヴィヴィアンの指輪だった。だれのものだろう。愛里は思ったがなにも聞かずに右手中指にはめた。

「あら、彼女を椎名林檎にでもするつもり？」

ぐっ。荒野はイメージを読まれ、たじろいだ。

「この場合、どっちがベンジーで、だれが罪を、だれが罰をおうのかしら」

そう言って夏美は、荒野と順次を交互に見て再びケラケラ笑った。ＣＶ－22、いわゆるオスプレイが全員の頭上を駆け、その焼けたアスファルトに影を落とした。夏美の黒髪が風になびく。

――ほんとうに、あのころのままだ。

愛里に流れを説明していた荒野の思考は立ち止まり、その視線は夏美に注がれた。愛里は、なぜか差した影を振り切るように、バラバラ音をたて飛ぶ輸送ヘリを眺めていた。

「よーい、ハイっ！」

男衆で中庭に立てたちいさなステージで愛里が歌う。エキストラの高校生がそのステージの前を取り囲む。そこに夏美が近づいてゆく。カメラが夏美のアップになる。夏美は脚本にある通り、「高校のころ一番好きだったひと」を思い浮かべながら振り返り、笑った。

「カット！」

手ごたえあり、と思った荒野の後ろで、アイランド・ラボのだれかの目が沈んだ。エキストラにあおられてアイリーン・カンナビスのミニライブがはじまった。

「わたしって、時代に残る歌には必ず愛する相方がいると思うのね。恋はひとりでできるけど、愛は共同作業で生まれてくるものだと思うの。それがきっと完成形なのよ。片割れだけじゃ愛とは呼べないわ。ジョンとヨーコ。カートとコートニー。わたしはそういうロッケンロールを聞いて育ったの」

「カット！」

撮影は滞りなく進んだ。その日の作業がすべて終わると、機材と岩をハイエースにのせ、女ふたりは荒野と悠一とベンツに乗った。すると、校門を出る時にでかい黒塗りの車が見えた。トヨタのランドクルザーだ。うしろにつけると、運転席からパパ・ジョーが現れた。

「ワーグワーン？」

「ジョーさん」

「近くでロケやってるっていうから見学にきたんだけど、一歩遅かったか。お」

ジョーが夏美に気づいた。

「へえ、かわいいじゃん夏美。お人形さんみたいだ」

「ええー。あんまりほめられた気がしないっす」

「はは。そうか。荒野」

パパ・ジョーはショートホープに火をつけた。

「これからアイリーンと来れるか？　トラック届いたんだ。気風もいるし」

「あ、はい」

「みんなもよかったらおいでよ。上モノあるよ」

そう言ってジョーはランクルーを発進させた。荒野がふり返る。

「だれか、岩に連絡してやって」

スタジオに集まると、すぐにブラントが回された。「いいネタですね」

吸いこんだ悠一がジョーに言う。

「〈カリフォルニア・ドリーム〉さ」

荒野はピンときた。

「それ曲名でいきましょう！〈カリフォルニア・ドリーミン〉で」

あまり知られていないが沖縄の基地の中は、すべてカリフォルニアの法律である。ゆえにこの島のブツは、どれが灰色の輸送機が流しているモノかは誰も知らない。

いくつコレクション　ねずみ講式　ピラミッド
ライク　ア　ラビット　タフなコネクション
ＤＪがスピット
ラフなスタイル＆ファッション

もし君がヨーコ・オノ　ならぼくはジョン
スラムで恋した　まるでピンプのよう
インクのもう　ないボールペン握り
口説きたくて
トークとスモーク

夢運ぶ鉄の鳥　今日は飛ぶねいつもより
からだあずけて　この音に　右に左に
踊り　子はきた波に乗り　南より
今日が雨でもきっと明日は戦闘機日和

「ここは前彼氏だったひとが教えてくれた抜け道」

夏美はカメラに笑いながら、中城の森を歩いている。うっそうとした森には手をつけられてない亀甲墓。看板には、「ハブに注意!」と書かれている。

すると、石畳の階段が現れた。そこから顔を出す。薄いピンクのキャップをかぶった夏美の後頭部がアップになる。だれもいないのを確認して中城城内へ。いったん撮影は中断された。

撮影隊は先に廃墟と化した「中城高原ホテル」の屋上へ。荒野と夏美はふたりきりになる。

「で、どうすんの主演俳優兼監督さん」

「自由にしててよ」

８ｍｍのレトロな感じのトイカメラ「フラグメント８」で夏美を撮りはじめる。　夏美は少女のようにはしゃいだり、走ったり、笑ったりしている。荒野の胸のここのところがあたたかくなる。カメラの前の彼女は、以前と変わらない気持ちを今も持っているとわかった。夏美が真剣な顔をして手を出す。

「交代」

「ああ」

荒野はタバコに火をつけたり、割れた窓からクールな表情で外を眺めたりした。

「かっこいいよー！　いいよー、監督いいよー！」

夏美にちゃちゃをいれられて荒野は恥ずかしそうに笑う。

「ねえ」

「ん？」

「好きだよ。荒野」

「……」

「いいよ。なにも言わなくて。同情ならいらない」

言って辛くなってしまったのか、夏美の目に涙が浮かぶ。

「ふたりとも、準備できたよ」

悠一が完全にグッドタイミングではいってきてしまった。

「どうした？　夏美！」

きっと荒野をにらむ。荒野は首をちいさく振って、自分はなにもしていないと主張した。悠一がとっさの動きで荒野の胸倉をつかむ。すると、晴れているのに小雨が降ってきた。こんなとき、沖縄はそのまますこしスコールになることがある。悠一は小声で「謝っとけ」と言い、機材の回収にむかった。荒野は悠一を追いかけることも、夏美を抱きしめることもできなかった。夏美は涙をふいてラボに合流した。


夏美に直接告白され、荒野は秘密の場所で夕暮れを見つめていた。足音が近づいてくる。

「いいか？」

「断りゃしねーよ」

悠一はとなりに腰を下ろした。荒野がワンヒッターにバンクーバー・シットを詰めて悠一に渡した。すまない。悠一は吸いこんで、高く飛ぶまで口を開かなかった。

「……なにか用？」

「悪い。頭の中で会議してた」

「夏美のことだろ」

荒野はヘリに足を出してぶらりとさせた。

「もう、気持ちは残ってないのか」

「ないよ」

「そうか」

「ああ」

秋の空は高い。雲の切れ間に夜を告げる銀の目。

「荒野。おれはあいつとは小学生からのつきあいなんだ」

「聞いてる」

「お前が動かねーんなら、夏美はおれのもんにする」

「みんな欲張りだねー。こころの奪い合いに。おれなんか自分のこころですら実態がつかめないってのに」

「ああ、たしかにな」

「悠一」

「なんだ？」

「医療大麻は流しつづける。ふたりには」

「ああ」

「夏美は泥沼にはまってる」

「ああ」

「たのんだ」


打ち合わせのために、荒野と愛里はショウゴに呼ばれていた。表札にテラ・スコラと出ている団地の一室。荒野がノックすると、ショウゴがドアを開けた。中からもう大麻のにおいが充満している。

「ショウゴさん。もっと気をつけないと」

「大丈夫よ、ポリもここには手ーだせん。ここないと困るガキがごまんといるからな」

中へ招かれる。２ＤＫの部屋には中学生くらいの少年が数人食事をとっていた。

「あの、テラ・スコラってなんですか？」

愛里が尋ねる。言ってなかったか、と思いショウゴは大義を考える。

「んー、まあ、自警団ってとこさ」

「自警団？　マフィア？」

「たしかにヤクザの前身的なところはあるけどな。ただこの街じゃちからを持たないやつは弾かれる。米軍、日本のヤクザ。沖縄のヤクザ、チャイニーズ・マフィア。そういった連中からガキどもを守るために活動してるばーて。ヤクやったり、アートしてるのは、内地に世界に沖縄を知ってもらったりして、バビロンからの解放を手助けしてもらう作戦というか計画というか……」

説明しているうちに訳が分からなくなったショウゴの頭の中を、虫が一周したのがわかって、愛里は笑った。ショウゴも照れ笑いする。

「わーは中卒だから頭悪いばーよ。病気だしよ。でもできることをやってる」

愛里は驚いた表情を浮かべる。ショウゴはボングに黄色のきついにおいのマリファナを詰める。

「スカンク。吸え」

三人で水パイプを回す。脱力させるほど深く潜れるいいブツだった。

「次はフレックスでだったか？　おれの地元だから下手打つなよ」

「うっす」

「ショウゴさん、どこか悪い？」

病気だというところに愛里はひっかかっていた。

「ああ、てんかんとアルコール依存と統合失調。でもメディカル・マリファナと出会ってからは目立った症状はなくなった。おれは本気で医療大麻の合法を祈ってる」

「昔は医療大麻解放戦線のNさんともつながりがありましたね」

「懐かしいなー」

愛里はその会話の裏にショウゴの闘いの日々を垣間見た気がした。

青と緑と黄色が混ざり、青い夢はすこしづつ姿を現してきている。それは荒野も愛里も同じだった。ふたりとも自分の背丈ほどの植物が生い茂る原っぱにいた。あの歌も聴こえている。

「ふふふ」

声が聴こえた。歌ではない。それは、はじめて耳が揺れたかのような心地よさだった。男かも、女かも、大人か子どもかもわからない。しかし、それはふたりにとってまるで希望のような声だった。

「「待って！」」

「またね」

ふたりの意識が遠のいていく。だれかの後ろ姿が見えた気がした。

夏美が語りだす。

「だれかとこころがぴったり合って、それをだれか大人に話すでしょう？　すると大人は決まって言うの「お前はダマされやすい、そんなやつとつき合うな」って。うらやましいのよ。わたしとあなたが」

荒野はメガネを外して、サイドテーブルに置いた。ふたりとも下着姿でシーツにくるまっている。

「夢で通じ合ってるから？」

荒野が興味なさげに言った。

「そうよ。大人、ううん同級生でも年下でもいいの。夢を捨てたやつは決まって「お前に才能はない、諦めろって」言うの。彼らにはこのカラフルな世界の美しさがわかってないのよ。夢を失って盲目になったんだわ」

肩を寄せ合ったふたりは、ラブホテル独特の照明に照らされ、重なった影を鏡に映している。

「大人になるのも夢を捨てるのも考えられない。今この瞬間、熱帯夜だったら、それでいいの」

「熱帯夜だけでいいんだったら、おれもいらない？」

夏美は考えて応えた。

「それはあなた次第」

「カット！」

悠一の声が響いた。荒野はメガネをかけ直し、ボクサーパンツで今撮った映像を確認する。

「ええんちゃう？」

夏美は恥ずかしがる愛里に、大人のおもちゃを突きつけて遊んでいる。ＰＶの部分は完成している。学園祭でのライブも成功し、ＣＤの録音も順調だった。


冬がもう近い。ソフィアの家に、ジョーと愛里がきていた。荒野ももちろんいる。それは依頼だった。

「と、いうことで表紙。歌詞のブックレットの表紙、またそれぞれの曲のイメージを描いてほしいんです。もちろんギャラも弾みます。お願いできませんか？」

ジョーが珍しく頭を下げる。ふたりもそうした。ソフィアは温めたミルクをひと口のんで、なにか考えているようだった。

「お金のことはいいですけど、いくつどんな絵を描けばいいのか……」

「今あるのは十曲ですが、イントロ、スキットはさんで十八曲くらいにしたいと思っています。

曲ができるたびに持ってくるので」

「ブックレットになるってことは本になるんでしょう？　わたしはそれをひとつの物語のようにしたいのです。バラバラに曲を与えられても……」

それからソフィアはつづけた。

「このタイトル〈ぼくたちが自由を知るときは〉。すごくいいタイトルです。しかし、今の若いひとたちの感覚だと思います。そのイメージにあった絵が、かけるかどうか……」

ガラッと音をたてて、愛里が立ちあがる。みんな目を丸くして彼女を見た。

「『モンク』を読んで、どの絵にも魂がこもってると思いました！」

「『モンク』？」

ソフィアが頭にはてなを浮かべる。

「ほら、半年で廃刊した」

ああ。ソフィアは思い出したようにうなずいた。

「わたしはソフィアさんの絵でお願いしたいです！」

愛里が再び頭を下げる。ジョーはここぞとばかりに、アイフォンでアイリーン・カンナビスの曲をかけた。〈夕刻の殴雨、憂国の慰め〉である。ソフィアはパパ・ジョーを見た。荒野を見た。愛里を見た。

「――いいでしょう」

全員の顔がパッと明るくなる。ソフィアはただし、と言って付け加えた。

「絵のモデルはアイリーンさんだけにしましょう。今見たビジョンで考えたのは、ちいさな窓しかない暗い小部屋に、台北からきた少女が歌っている。踊っている。座っている。遠く弱く、近く力強く、です。彼女には毎回違う服を着てもらって、わたしのアトリエに来てもらいましょう。それで聴いた曲に会う絵を描きます。荒野さん、アイリーンさん」

ふたりはなにを言われるのか、と気を引き締める。

「デートしてください」

開いた口がふさがらないというのはこのことだった。ジョーは声を上げて笑った。

「さすがだな、ソフィアさん」

「あら、大まじめですよ。曲にあった服をふたりで選んでもらって、それを着たアイリーンをわたしが感じた曲のイメージのままに描きましょう」

三人は目を合わせた。

「それでいいなら、描きましょう」

「夏美のやつ、最近のんでないいな」

ラボには荒野と岩のふたりだけいた。岩が口にして、荒野はたしかに、と思う。

「いいんじゃないか？　前みたいになったほうが」

「映画のほうはどうだ？」

「ほぼ完成。あとはアイリーンが歌う最後のシーンだけ。まあ、あとは編集の仕事だから、愛里以外にはクランクアップを兼ねた忘年会だと言ってある」

「絵は？」

「ソフィアたんも、雑誌が廃刊なって、そうとうフラストレーションたまってたみたいでさ。近いうちに愛里と買い出しに行って、それから愛里は絵のモデルをしばらくやらされる」

岩は驚いた顔で荒野をみた。ブラインドの隙間っ風にほこりがダンスした。

「それ、悠一と夏美には？」

「言ってないけど、どうしてだ？」

岩は背中をむけた。

「映画のことで、なんか話があるってよ」

「おつかれー。ほんま寒いなー」

順次がやってきた。愛里がついてくる。荒野が順次を――本人にそのつもりはなかったが――にらんだ。順次は肩を落とす。

「そこで会っただけや。なんや沖縄はクリスマスもぬくいんかなーと思ったらちゃうやん」

沖縄の冬はクリスマス前後に一気にやって来る。海風はありとあらゆる隙間からはいり、芯まで冷やす。あまり強くないハロゲンヒーターに外から来たふたりはしばらく当たる。

「ヤッホー！　メリクリ！」

夏美が酒をのんでいないのにハイテンションではいってくる。髪も金髪に戻し、メイクもばっちりだ。悠一も一緒だった。その光景を見て、荒野はこころなしかホッとした。

ブエノチキンと酒、それとマリファナ。ＴＶでは音楽番組がやっている。クランクアップでもあることから、話は尽きない。みんな笑顔だ。ここだけをみるとこの島も平和に見える。

「自分の口からちゃんと言いな」

盛り上がり過ぎて疲れたみんなは、思い思いにだらだらしていた。すると悠一が夏美にそう言ったのでみんな何事かと目を覚ます。

「みんな、今日はほんとうにおめでとう！」

「なにに？」

荒野が突っ込んだ。それもそうだと周りは思った。

「あ、いや、夏美、今年はハッピーニューイヤー言えないから」

「え？」

愛里が固まる。

「実は、サナトリウムに行くことが決まってて」

「は？」

荒野も固まる。

「もちろん、映画が完成するまでに調子をよくして戻ってくるから、待っててね」

「悠一、どういうことだ！」

荒野は声を荒げた。悠一が面食らう。

「おれに噛みつくな。むこうの両親とも話し合った末の結論だ」

「え？　ふたりはつき合ってるん？　親公認で？」

「先月から。でも、こいつもこいつの両親もちいさいころから知ってる」

悠一が簡素に答える。

「……夏美はそれでいいのか？」

荒野に問われると、まだ夏美のアイシャドウの下には幼さが見えた。愛里はどうしていいのか、またこの空気感がなんなのかわからず言いようのない不安に襲われている。

「荒野。おさえろ。毒をしばらく抜きにいくだけだ」

「——あたしだって、普通の女の子だもん、怖いときはあるよ」

場の空気は冷めた。あわてて夏美が笑顔をつくる。

「ごめんね。でも準備とかもあるから今日しか言えなくて」

「なんでもっと早く相談してくれなかったんだ？」

荒野が問い詰める。あいだに悠一がはいった。

「無理してたんだよ！　お前の期待に応えたかったから！　映画のことばっか考えているお前が気づかなかっただけだ！」

「――！」

荒野がこぶしを振り上げる。

「やめてよ！　今日はクリスマスよ！」

夏美の金切り声で、今にも取っ組み合いになりそうなふたりは離れた。夏美は泣いていた。

荒野は胸に帰するものがあった。

――こいつを、何回泣かせたっけ。

荒野は悠一を見た。悠一は夏美の背中を撫でている。そのとき、近くの教会でカーンと二回鐘がなった。夏美はとっさに愛里の手をとった。

「近いから、見に行こうよ」

「あ、え」

男だけになった瞬間に、荒野はパソコンの置いてあるデスクに座った。

「お前に任せたんだったな」

「ああ」

「もう離すんじゃねーぞ。おれが抱きしめてやるわけにはいかないんだからな」

星がまたたいている。けれど、室内にいては、それは見えなかった。


それから荒野は編集作業に没頭。愛里はライブをこなし、曲も増えた。順次は小説の賞を目指し、経験の貯蓄だ、と言って沖縄をめぐった。岩は相変わらずなにをしているのかわからず、悠一は夏美のサナトリウムに、できるだけ時間をつくって会いに行っていた。

正月も明け、編集作業が終わった、そんなある日、荒野に一本の電話がはいった。パパ・ジョーからだ。すぐに来いとのことだったので、荒野は、講義の代返を気風に頼み、その足でスタジオに駆けこんだ。

内容はわかっていた。しかし、電話でする話じゃないことも確かだった。スタジオにはパパ・ジョー、ショウゴをはじめバンド連中もいた。愛里が遅れてやってくる。すると、ジョーは全員の顔をみてうなずいた。

「決まったぞ。デビューの日が」

失楽園の戦士たち

朝起きると、珍しいことにソフィアが朝食を用意していなかった。仕方ないので荒野は吐き気がするほど大好物のカップラーメンを開ける。お湯を注いで、ミッシェル・ガン・エレファントの〈スモーキング・ビリー〉を聴く。曲が終わる。ちょうど三分。遅めの朝食だ。

ＴＶでは隣国の一部地域でウイルス性肺炎が流行っているという報道がされている。それを見ながら荒野はカップ麺を食べ、シャワーを浴びた。天気が良くなさそうだったので、チョコレート・ジーザスのコーチジャケットを羽織った。その日は愛里とはじめて洋服選びにいく予定だ。

「行ってきまーす」

いちおうアトリエのほうに声をかけ。荒野は家を出た。黄色の愛する愛車はかわいい顔をして待っている。それもそうだ。天気予報を信頼し、荒野は前日に洗車してガソリンをいれ、タイヤの空気圧までチェックしてくれている。ベンツの機嫌が悪いわけがない。

携帯を開く。「今どこ?」メールを打って、エンジンをかける。ミラーを直していると返信がすぐあった。

「アジトにいます。愛里」

「こいつもかわいいやつだな」

固い足回りがアスファルトを蹴った。ブルー・ビートの店長、Oさんのレトロなミックス・テープからは八十年代のダンスホールが流れている。

アジトにつく。中にはいると愛里がいる。となりに大きなボストンバッグを抱えている。

「あ」

「おはよーん」

「よ、よろしく」

アイリーン・カンナビスの曲はすべて録り終わったので、愛里はこれから、ソフィアがいつでも絵を描けるように、しばらく荒野の家に泊まりこむことになっていた。

「そんな固くなるなって。リラックス、リラックス」

ふたりはすくないインディカを回して、すこしゆっくりすると街に出た。

「どこで、服買う?」

「今日は商店街で面白いイベントがあるんだよ。そこで買って夕飯食べて帰ろう」

「ごはんも？」

「ああ、ソフィアたんも言ってたろ、これはいちおうデートなんだから、それらしいことしようよ」

愛里には孤独な作業をつづけている、荒野なりの強がりに聞こえた。愛里が窓から顔を出す。昼間の天気は嘘のように晴れてきた。

「首、吹っ飛ぶぞ」

言われて愛里はしぶしぶ顔をひっこめた。ふたりともなぜだか口角があがっている。そう、これはソフィアの発案で、ふたりはこなしているだけ、だが、デートはデートなのだ。好きなひとと好きな場所へ行く。それはいつの時代もひとを幸せにする。

はじめにはいったアンティークな古着屋で、愛里はワンピースを選んだ。全体的に茶色で肩の部分はレースになっている。それからミャンマー料理屋でヒンと呼ばれるミャンマーカレーとミャンマービールをたのんだ。それからすこし商店街をうろつく。どうやら月に一度の祭りのようだった。

「そろそろ、かな」

ひとだかりができている場所に行くとステージがあった。歌がはじまる。愛里は驚いた。

「おばあちゃん？」

「そ。栄町市場おばぁラッパーズ。かっこいいんだぜ」

おばぁラッパーズは二曲披露して、あとはしゃべっていた。

「このひとたちで、この六十年の歴史ある市場は、また活気を取り戻したんだ」

「愛里、この音楽、好き！」

「いいよな」

愛里が好きなのは、音楽でも、映像でもなく、神々の島、沖縄のスピリチュアル的なパワーだった。それはひととのつながりや祖先信仰、自然崇拝にみられる、他者への感謝だった。


「おかえりなさい」

「し、失礼します」

ソフィアはもう戦闘服のツナギ姿だった。

「楽しかったですか？」

「まっあねー」

荒野はまだすこし酔っている。

「いいワンピースですね。さっそく着替えてらして」

ソフィアはそう言うとアトリエにこもった。荒野は自分の部屋を指さす。

「あそこおれの部屋だから、着替えてきて」

どきどきしながら愛里は荒野の部屋に入った。そこで目を疑う。

——この、青いシーツ。まるで、まるでわたしの。

ノックの音がした。ソフィアだった。

「それ、うしろファスナーでしょう？　留めて……どうしたんですかそんなにおびえた顔をして。虫でもいましたか？」

「あ、いや」

慌てて愛里は着替えはじめる。ソフィアがファスナーを閉める。

「回ってください」

愛里はその場でぎこちなく回転してみせた。ソフィアがあごに指を当てて見る。

「いいですね」

再びノックの音がする。いいですよ。ソフィアが言う。荒野がはいってきた。

「お、いいじゃん。似合う似合う。おれ、ショウゴさんに呼ばれたから、ちょっと行ってくる」

そう言って荒野は出かけて行った。愛里はソフィアとふたりきりになり気まずいかった。そんな彼女の心情を察してか、ソフィアは語り出した。

「あれでも、落ち着いたほうなんですよ。さ、リビングでお茶にしましょう」

白い陶器に沸かしたお湯を注いで、インスタントのコーヒーをつくると、メーカーズ・マークを少量。ソフィア好みのアイリッシュ・コーヒーだ。

「昔は病弱なくせにヤンチャで、手が付けられないような子だったんです」

宝物をひとつひとつ説明するように、ソフィアは荒野について話した。愛里にはどれだけ荒野が家族に愛されて育ったのかがわかって、嬉しかった。

「じゃあ、仕事をはじめますか」

そう言ってソフィアは愛里をアトリエへいざなった。この日のために部屋は片してあり、窓から月光が差し、その真ん中に木目のイスが置いてある、その正面にキャンバス。真っ白な部屋。隅に、ソフィアの仕事道具の画材が散らばっている。

「そこに座って、まずは自然な感じで」

言われるまま愛里はイスに座る。ソフィアが普段見せない鬼面でにらむ。そして首を横に振る。

「違うわ。愛里。かわいい李・愛里じゃなくて、一曲目のアイリーン・カンナビスを描かなくてはいけないの」

愛里は表情がきっと引き締まる。するとすこしだけソフィアの顔が緩み、ふん、と言った。

そこからは愛里が思うより早かった。老獪かつ豪快に、ソフィアはアイリーンを描いてみせた。一曲目にふさわしい、初々しいアイリーンの絵。それはどんな弁舌にも尽くしがたかった。


「ショウゴさん、どんな用ですか？」

団地に呼び出された荒野は、ショウゴに大ぶりの紙袋を渡された。

「これの配達たのめるかー？　近所だけど、今からボスくるし動けんばーよ」

「……いいですよ」

「これしかないけど、やるよ。だれのか知らんけどグロウの圧縮」

そう言ってショウゴがポケットから取り出したのは、チョコレートと言われる茶色い大麻樹脂だった。それを受けとったときに、なぜか荒野はあの夢にまた色が追加される気がした。どんどんと鮮明になり近づいてくる夢がなぜだか怖くも思えた。

しかし、夢を追って行ってどこかにたどり着けば、なにかが変わる。そんな予感もしていた。

「ファミマで待ってる、オフホワイトのレクサスだから。上がりの回収はタケシに行かすからよー。たのんだぜー」

ローテンションのショウゴはそれだけ言うとソファに横になった。荒野は後ろ手にドアを閉めて、フードをかぶり、階段をおりた。するとロン毛にひげの、ヒッピー風の格好をした男があがってきた。明らかにただものではない。荒野は身を固くする。男は荒野を見上げて笑う。

「おつかれー」

「あ」

男はそれだけ言うとショウゴのいる部屋へ入って行く。

——今のが、テラ・スコラの。

夜風が冷たくて、荒野の鼻は赤かった。

家に帰った荒野を待っていたのは、アクリル絵の具で描かれたアイリーンの絵を肴に談笑しているふたりだった。

「——ただいま」

「荒野さん。お帰りなさい」

「おかえりなさい」

荒野はそのままテーブルに座った。ソフィアがルイボスティーをいれた。

「いい絵じゃん」

「ええ。用事はすみましたか？」

「いちおうね」

荒野の様子を見て、ソフィアが眉をぴくりと動かした。

「じゃ、わたしは疲れたので先にお暇させていただきます。愛里、楽しかったですよ」

「あ、はい。おやすみなさい」

ソフィアが寝室に戻ったのを確認して、荒野は愛里の手をとり庭へ出た。愛里が何ごとかと口を開こうとすると、荒野はチョコを見せた。手でほぐしてパイプに詰める。一個をふたりでゆっくりと回し、深く呼吸した。誰がつくったのかわからない大麻を吸い切ると、今日の昼の緩さと夜の締まった感じが終わったことに安堵し、ふたりとも白い歯を見せた。

こぼれそうな星空を見上げる。愛里は隣り合った荒野の手をとりたかったが、自分と同じ体温かわからずにためらった。

「みんなこれを吸えば世界は平和なのにな」

「うん」

「酒やタバコなんかよりよっぽどいい」

「インドでは金持ちが酒をのんで、貧しいひとがこれを吸うんだよね」

「おっ、さすが愛里」

褒められてうれしい愛里は、荒野を見た。視線が合う。こころがぴったり合っている。彼女は暗がりの中ではわからないぐらいに顔を赤らめ、視線を外した。その感情の機微を荒野は察したが、まだゆっくりやっていけばいいと思い、さわやかな夜の風を楽しんだ。

「おれ、リビングで寝るよ」

中にはいると、荒野はそう言って青いシーツだけを引っ張り出し、リビングにタオルケットをしいて眠った。愛里は複雑な気持ちだったが、荒野が寝静まったのを確認してから、同じ青色のパジャマに着替えて、荒野のベッドに横になる。なぜか、愛里はただ色が似ているだけではない気がした。いつかソフィアに聞いてみよう。そう思って眠った。


ふたりは夢を見た。お互い、なぜかお互いがいるのを知っていた。足元には土の色。生い茂る緑と黄色。懐かしの歌が響いている。すると、ちいさな影がふたつ。

「どう？　青い空は気にいった？」

「緑の家は？　黄色い穂は？」

「土もいい色してるだろ」

「あとは、何色がたりない？」

ふたりは顔を見合わせる。

「『赤？』」

ちいさい影の肩が揺れる。声を殺して笑っているようだ。

「探してね」

「きっと、どこかにいるから」

そう言ってふたりは消えた。

夢から覚めると、ふたりは顔を見合わせた。

なにかが——、違う。そんな朝だった。


それからしばらく、荒野と愛里は赤い「なにか」を探しながら。街をぶらついては服を探した。映画も見た。さまざまな経験をした。それはどこから見ても恋人同士の、幸せな日々だった。

「ソフィアさん」

「どうしました愛里、改まって」

「この、青いパジャマには見覚えは？」

手芸している手を止め、ソフィアは老眼鏡をずらした。そして微笑んだ。

「まるで荒野さんのシーツのような色ですね」

「同じ、じゃない？」

「似た色でしょう。荒野さん、そろそろシャワーから出てきますよ」

そんなある日のことだった。またショウゴに荒野は呼び出された。愛里は久しぶりに出かけず家にいた。ソフィアの留守に料理をしていると、電話がかかってきた。相手は、夏美だ。

「夏美さん」

『よ！　愛里。元気？』

「はい、とても」

『どーしよーあたし！』

夏美の感情が昂っているのが、愛里にもわかる。

『プ、プロポーズされちゃった』

「え！」

『もちろん悠一に。ねえ、どうしたらいいと思う？』

愛里は考えた考えて考えて言った。

「お似合いだと、思います」

『やっぱりー？　今日も来てくれるの。こまめに会ってくれる。恋愛って恋するだけじゃないんだね。なにもない、こんなあたしを好きでいてくれる。やっぱりそれって愛を感じるじゃない？』

ふふっ。愛里は笑った。それからしばらくは夏美のノロケ話を相づちを打ちながらきいてやった。すると、真剣なトーンで夏美は最後に言った。

『愛里も、革命や解放もいいけど、女に生まれたなら女としての幸せをつかまなきゃね』

胸の奥がドキッと拍動するのを愛里は感じた。

『あの頑固ものに好きって言わせちゃいなよ』

「……うん」

じゃあね。夏美は電話を切った。開いている窓から夕方の涼しい風がふいている。アイリーン・カンナビスの絵はあと一枚で終わりだった。その日、荒野は帰ってはこなかった。

荒野は北谷の団地から、国道五十八号線に出ようとした。すると。エンジンがぶるぶる言ったかと思うと停まり、かからなくなった。T字路のど真ん中である。交通の邪魔だ。すぐにジャフを呼ぼうとした。しかし、意味はなかった。

沖縄県南城市知念字具志堅３３０。アクリル板の前に、愛里が座っている。

――心配してんだな。

荒野はどこか冷静だった。ショウゴに任されたブツの運搬中に、車のバッテリーがあがり、交通機動隊に出くわしたのが運のつきだった。万引きや、カツアゲ、喫煙、飲酒、ケンカなど、とにかく何度も更生院にお世話になったことがある荒野は、ブツの量が量だったうえ、口が堅く、理不尽な取り調べにも決して口を割らなかったため、初犯ながら実刑となった。三か月の服役と九か月の保護観察。軽くも重くもない妥当な量刑だった。

「よっ愛里」

「荒野さん。大丈夫……？」

「まあ、なんとかね、そっちは？」

「ソフィアさんが元気ないけど、大丈夫。そう、学校から連絡があって」

「退学だろ？」

「——うん」

はあ、荒野はため息をついて頭をかいた。

「CDでるよ」

「え？」

「来週四月二〇日に。荒野が監督したPV集も。デビューと同時にナムラホールでワンマン」

「そりゃあ……よかった」

荒野は嬉しくも不安だった。ライブの数をどれだけかさねても、愛里は昔と変わらず、ガラス細工のような繊細さを持ち合わせていたから。けれど、今は多くの支えで崩れずにいるようだ。

「愛里、荒野が出てくる七月には流行歌手だから」

そう言って浮かべたのは、たしかに腹をきめたつくり笑いだった。

それからアイリーン・カンナビスの沖縄本島や離島フェスでライブが決定した。

ただがむしゃらに歌を歌う毎日。バンド練習、ステージ、反省会。それの繰り返し。

だが彼女には強みがあった。それは毎日いいブツが吸えることだ。知らぬひとと、知っているひと、そのパフォーマンスは明らかに違う。アイリーン・カンナビスは瞬く間に沖縄じゅうにその名をしらしめた。

そのあいだ、荒野は、静かに、読書と新聞のチェックだけは欠かさず、健康に檻の中での生活になじんでいった。しかし、彼は情報の入ってこない刑務所内で一大事となる世界的な動きを知る。そう、それは新型コロナウイルスのパンデミックだ。錯綜する情報。得られるのは新聞の各紙面だけ。さらに緊急事態宣言が飛び出し、アイリーン・カンナビスのデビューの全国ツアーが流れたこと、大型ロックフェスの中止も沖縄タイムスと琉球新報で知った。

——早く、ここから出なければ。

思いは募るばかりで、時間の経過は誰の上にも平等だ。もちろん、荒野にとっても。時は立ち、五月。全国でもっとも早い梅雨入りだ。雨がふり止んでも、ひとびとの闇は病まぬ。コンクリートの打ちっぱなしに湿気がたまり、布団はじんわりとして不快だった。

六月、蝉しぐれが沖縄をつつむ。刑務所の中は寝苦しい。作業もはかどらない。みんなストレスを抱え、トラブルも多くなる。そんな季節。そんななか愛里は、二回目の面会に来た。

「ごめん、時間なくて、差し入れに本と渡久地君の原稿、持ってきたから」

「大丈夫か？　愛里は」

「うん、大丈夫」

そう言って愛里は笑って見せる。

「みんなは？」

「岩さんと渡久地君は愛知県に行ったよ」

「愛知？　なにしに？」

「工場に出稼ぎだって。岩さんはなんのためにかわからないけれど、渡久地君はその原稿を自費出版したいみたいで、稼ぎがいんねんって言って行っちゃった」

「……そうか」

「でも、ふたりとも〈ぼくたちが自由を知るときは〉の映画の公開には帰ってくるって」

「先輩たちは？」

「ショウゴさんは上手くやってる。最近ではテラ・スコラの子どもたちにマスクやフェイスガードつくらせてそれ売ってるみたい。さすがあのひとはタダじゃ起きないね。見習わなきゃ」

「ジョーさんは？」

「相変わらずスタジオにこもってるよ」

「そっか……」

「愛里ね、まだソフィアさんのお家で寝泊まりしてるんだけど、荒野の本棚、面白いねー」

「赤色は？」

「まだ探せない」

荒野が思い出したように言う。

「そうか」

「ねえ、なにか聞きたいことある？」

荒野は考えてみた。知らないことばかりだ。

「コロナウイルスは中国の武漢からやってきた。証拠もある、って」

「――」

「聞かないの？」

荒野のこころを汲みとったように、愛里は言う。

「辺野古は？」

「軟弱地盤へ３００億あまりをポイ捨て」

「米軍基地は？」

「うるさいよ」

「自衛隊の基地は？」

「それは渡久地君の原稿に詳しく書いてある」

そして、荒野は一番気になったことを聞いてみた。

「この国は、戦争に、むかっている――？」

愛里は一瞬目をそらしたがなにも言わなかった。

荒野はそれを肯定だととらえるところだった。愛里はこう笑った。

「特定秘密保護法案だから」

いわゆる言論の弾圧。表現の自由の凌辱。荒野は考える。愛里はおそらくスマホを持っているだろう。だが、それは常に電波を飛ばしている。いつ、なんどきでも盗聴してくれ。と言っているようなものだ。それを愛里も、わかっている。

愛里は時計を見てハッとした。

「じゃあ、行かなきゃ、これからリハだから」

「ライブハウスは閉まってるんじゃないのか？」

「オンラインでライブ配信。こんな時代だしね。今日はフェスよ。しかもノージャンル。そのトリ」

刑務官にうながされ、愛里は部屋を出ていった。時代の先端をとらえ、解放運動の中にいた荒野は自分だけが時代に取り残されたようだった。荒野は灰色の壁に頭を打ちつけた。刑務官に止められても、何度も。流れない涙を、あえて血で流した。


荒野はその日、順次の原稿を読んだ。今の時世を反映している。外からの情報が得られない荒野にとっては助かった。

わかったことは、世界のあちこちでロックダウンが始まり。大ごとになっているということ。ネットやSNSでは情報が錯綜し、自由と権利を互いに監視し合い、大きな混乱を招いているということ。アメリカのトップであるトランプ大統領が中国を名指しで批判していること。韓国は戦闘機やイージス艦を買うのをやめ、７００億ウォンを医療費として捻出していること。物流が滞り、生活困難者が出始め、見えない、報道のない自殺があとをたたないということ。日本の安倍総理が改憲することで、太平洋戦争の認識を改めることで偉大な総理となることしか考えていないということなどが、時系列を追って書かれていた。

七月。荒野が刑務所から出ると、黒塗りのベンツが止まっている。こわもての男がふたり。

「お勤め、ご苦労様でした！」

荒野は驚いた。後部座席のドアが開く。中にいるのはソフィアと関羽ひげの生えた丸坊主でスーツ姿のいかつい男。

「ああ、荒野」

ソフィアは荒野を優しくハグした。荒野もそれに応える。ソフィアはやつれていた。自分のせいだろう。荒野はそう思った。

「荒野。こちら板良敷《イチラジチ》さん」

「……どうも」

中へ招かれる。するとソフィアは外でタバコに火をつけた。タバコはからだに悪いからと荒野が高校生だったときからさんざん言っていたのに。そして荒野は板良敷とふたりになる。

「おれは板良敷。〈八社の守り人〉と〈賢人会議の〉メンバーだ。このたびは災難だったな」

「はあ……」

「テラ・スコラの参護、わかるかな？　ロン毛でひげのヒッピー風の四十代くらいの男だ」

荒野の脳裏に、すぐにショウゴの団地で出会った人物が浮かんだ。

「あいつとは共闘がなんどもあってね。恩と義理があるんだ。だから、君はもう大学に戻ることも、映画を撮ることもできないが、ソフィアと君の生活の安全は保障する。なんの心配いらない。だが――。謝るべき場所には謝っておくんだ。義兄弟には特に、な」

窓が開く。

「ソフィアさん！　行きますよ！」

男がそう言うと、ソフィアは慌てて車に乗る。ゆっくりと車は固い地面をけって、走り出した。着いたのは、パパ・ジョーのスタジオだ。荒野だけおろされた。ドアをノックする。キッチンの小窓が開く。パパ・ジョーだ。中にはいると愛里以外バンドメンバーにカズ、ショウゴも全員いる。いい表情は浮かべていない。荒野の不安はつのる。

「落とし前、どうやってつけるばー？」

ショウゴが前に出る。

「小指で済むと思うなよ」

鳥肌がたち、はじめて自分の小指が大事に思えた。悪寒がする。荒野は逃げまどう視線を落とした。

「でも、ひとつだけ解決する方法はあるせ」

「――なんでしょう？」

「金だよ、金」

パパ・ジョーが言う。眉間にしわをつくって。

「い、今はお金がありません」

「じゃ、どうやって稼ぐ？」

「え、映画で」

ピンと張りつめた糸のような緊張感がただよった。みんな怖い顔で荒野を見ている。

「ぷ」タケシが、声を出したのを皮切りにみんな笑いだした。荒野の視線は定まらないし、こころも落ち着かない。

「えーっ！　我慢しれ！」

「おかえり荒野」

そう、カマをかけられただけで、だれも怒ってはいなかったのだ。安堵が胸いっぱいに広がると、荒野はようやく頭を下げた。

「すいませんでした！」

「いいよー！　被害はこうむったけど、たいしたことない！　稼いでもらうからな」

「売人……とかですか？」

「映画だよ」

パパ・ジョーが割ってはいる。

「上はああ言ってるけど、やっちまえばこっちのもんさ。ほら。ＣＤ」

ようやく荒野はアイリーン・カンナビスのＣＤを受けとった。一曲一曲に見たことあるタッチで絵が描いてある。しかし最後のページにはイスだけがあり、アイリーンの姿はなかった。

荒野はどこか遠くの、全く知らない別のひとから手紙を受けとったような気持ちになったが、帰ってきた実感がわいた。あーでもない、こーでもないと街でデートと言う名の仕事をしたことは、たしかにつながりとしてそこにあった。


次に車がとまったのはアイランド・ラボだった。黄色いベンツが止まっている。

「修理しておいたぜ」

声をかけてきたのは黄色のベンツを売ってくれたクマのようなソフィアの友人、ダニーだった。

「おー！　真打登場！」

ラボにいたのは、愛里を除いた全員だった。

「会いたかったぜー」

夏美にハグをされる。

「坊主もにあうな」

悠一におちょくられ、岩はなにも言わない。

「あんさんアホやで、バッテリー切れは」

順次はバカにした。荒野の目には涙がたまっていた。しかし、こぼさないようにまつ毛にためた。

夏美がブラントをとり出した。荒野はすぐに火をつけた。ものほしそうな顔で夏美がそのやいばのような横顔を眺める。

「病弱さんは吸うの？」

「あったりまえじゃん。アル中には大事な、意識を変える草よ」

酒をやめ、悠一と結婚を決めた夏美は優しい顔をしていた。悠一もだった。

しかし、それは嵐のなかの静けさ。

「で、どんなプランがあんねん？」

巻き返しの風を受けるまでの、しばしの戦士の休憩だった。

アイリーン・カンナビスの最後

荒野は帰ってきて、様変わりしている。いわゆる「新しい生活」に驚いた。みんながみんなマスクをし、外を出歩いていない。行く店行く店が休みで、スーパーやコンビニには当たり前のように消毒液が置かれている。それは荒野が塀の中で知っていたことではあったが現実は写真や文章より生々しく、グロテスクで、リアルだった。

彼はいろんな文献に目を通した。事態は深刻だった。支払われない給付金、助成金。憲法解釈をめぐっての各党の争い。首里城の焼失から半年強の現実。街は閑散としているが、国同士がもっとも騒がしい中だった。

その中でもショウゴやパパ・ジョーの話では医療大麻解放の動きは出ていた。おもにそれはツィッター、フェイスブック、インスタグラムなどのＳＮＳを中心に、ユーチューブなどの動画投稿サイトでも見られるようになった。

さらにその流れに乗って、アイリーン・カナビスのオールディーズを歌う動画からT堂のサイトに飛び購入するファンが増えCD、PV集も売れた。荒野の映画も公開のタイミングをうかがっていた。

「医療用大麻と産業用大麻ですが……」

荒野は逮捕歴のある映像作家として、そういった大麻産業のユーチューブのチャンネルなどに出演し、博識のある語り口でその可能性について触れることが多くなっていた。アフターコロナの今だからこそ、真実を知りたい、そんなひとびとが増え、今までタブー視されていた話も、そもそもなぜタブーになったのかを考えるべきだと思うひとが増えていた。

「禁酒法と同じで、結局マフィアやギャングの資金源に……」

荒野は、これはチャンスだと思った。

「まだ早いんちゃうん?」

「いや、今がベストだ」

荒野と順次はショウゴの焼き鳥屋で映画の公開時期について話をしていた。すると。荒野の携帯が時のベルを鳴らした。その情報はツイッターだった。

〈自衛隊軍基地にミサイル着弾!〉

ふたりとも、空いた口がふさがらない。なにかの間違いだ、そう思いたかった。

次の日の新聞には〈石垣島の自衛隊基地にミサイル着弾〉と書かれている。荒野は、311のとき以来の衝撃に目が覚めた。TVもニュースもその報道一色になる。そして与党はそのあいだにショック・ドクトリンで911以降のアメリカのように普段通らない法案を可決させた。まるでブッシュ政権時の「反邪悪法」のようないわゆる「国家治安維持法」が通過した。

それで荒野は気づいた。この島にいてはわからないが、この国にはまだ戦争したい、日本を世界の中心にしたい輩がまだ多くいることを。


ある日、内地の新聞にはミサイルの発射国を名指しし、「頑張ろう日本」と銘打たれていた。記事をうけて、ラボのメンバーは三密などと言っている場合じゃないと集まった。沖縄のメディアは反戦を訴えているが、街中では進軍ラッパや君が代が大音量で流れている。彼らは言葉を失い、せまい室内にただ立ち尽くすばかりだ。

「戦争ってさ……」

「夏美、それ以上言うな！」

悠一が夏美を抱きしめる。

「あかんわ、空港閉鎖やて。閉じこめられたわ」

順次がヤフーニュースを見て冷静に言う。

アフターコロナの騒ぎで広がったのは疫病だけではなく、「貧困」や「格差」だった。そしてそれは、いつしか国同士の憎みあいにすり替わっていた。あちこちでパンデミックになったのは争いの火種だ。

ジョイントを回す。全員落ちこむ中、荒野が立ちあがった。みんな顔をあげる。

「この島は臨戦態勢にはいるだろう」

「せやな」

「だから今だ、沖縄の解放運動をするなら今だ」

言葉だけが明らかに先走っている。

「おーおー、出たでついに。革命か？　なんで今なんや？」

順次はあくまでクレーバーだ。

「ハッパ売った金で火炎瓶でもつくるか？　相手は訓練された兵士や。日本も関わるし中国だってこの島はほしいやろ。そうなったらアメリカは黙っているか？　ゲリラになるんか？

非暴力がフラワーチルドレンやろ」

「いや、民主的なやりかたで日米地位協定を変えれば……」

「平和的に動いたってなにもかわりゃしねえよ」

悠一がうなだれたまま言った。夏美は悠一と腕を組んで、不安げにうつろな目で婚約指輪を握り締めている。

「武器を持つのはあくまで自衛だ。大麻を広めるんだ」

「インドみたいになるってか？　この島が？」

「ガンジーにでもなるつもりなん？」

荒野はみんなのネガティブなエネルギーに腹が立った。自分が性急な答えを求めているのはわかっている。しかし止まらないのだ。塀の中にいて、世界に置いてけぼりにされた気でいる荒野は、自分のエンジンが温まらないうちに、走り出そうとしていた。

「意識を変える草が世界を変えるんだ」

「無駄だ」

珍しく岩が口を開いた。

「この事態、裏になにかでっかい脅威を感じる。だれかのシナリオの中だ。おれたち程度、末端の人間が叫んだってだれも耳を貸すひとはいない」

「連携するんだ、今までそういった活動をしてきたひとたちと。医学、薬学、ＣＢＤの企業をまきこんで大きなムーブメントを起こすんだ。そしてしらしめるのさ、戦争なんて旧石器時代の古いやりかただって」

「それで？　沖縄を独立でもさせるんか？　アホくさ」

「なに！」

「悪いけどおれは今日かったるいから帰るわ」

荒野と肩がぶつかる。ふたりともなにも言わない。夏美が顔をあげた
「たとえばどんなひととつながるの？」

「逮捕者、患者の支援をしている団体。薬学医学の団体。環境問題をとりあつかう団体。大麻のカルチャーを広めようとしている団体。そしてそれらに密接に関わるひとびと。この世界だネットでつなげれば」

「理屈はわかるけどよ、おれもまだ時期尚早だと思うな」

悠一の言葉に岩がうなずく。荒野の行き場のない憤りは、重なるばかりだった。


〈空港閉鎖！〉

〈物流ストップ！〉

〈石垣で放射線濃度……〉

沖縄が切り捨てられていく。金も、食うものも、労働力もない沖縄に、内地からイージス艦、潜水艦、輸送ヘリや戦闘機、兵士がやってくる。荒野は映画のプロモーションで話がある

と、パパ・ジョーとショウゴを普天間のバーに呼んだ。するとそこには愛里もいた。

「よう荒野」

「ワーグワーン?」

「お久しぶりです。愛里も」

テーブルに座ると、パパ・ジョーが瓶ビールをコップについで、荒野に回した。ショウゴが口を開く。

「わかってるぜ、反戦デモをしたいんだな?」

荒野はこころが見透かされていることにも動揺はなかった。

「はい」

「実はもう日にちは決まってる」

「え」

「明日、カーニバルでやるばーよ、もちろん無許可で」

——あの人数のアメリカ人の中で、デモ?

「〈窮鼠猫を噛む〉をやるのさ」

荒野は自殺行為にしか思えなかった。しかし、911、311を潜り抜けてきた先輩たちがやるのだ。自分も何か役に立ちたかった。

「愛里は？」

「荒野はどうしたいの？」

そう言われると荒野は、〈記録〉はできても、〈表現〉はできなかった。ここにきて自分の無力さを痛感した。名前、つまりネームバリューにおいてもアイリーン・カンナビスには勝てなかった。

「どうせ無駄な抵抗になるのはわかってる。でも、やるかやらんかだぜ」

「そうだ。荒野。記録を撮れるお前に録れるのは〈記憶〉だ。あとの世代のために残してほしいんだ。やれるか？」

荒野の手は震えている。怖かった。自分のふたつとしかない世界へ伸ばせる手は、三か月の檻の中でさびてしまったように感じた。羽をもがれた鳥になった荒野を見て、先輩ふたりも意気消沈した。

「ちょっと、考えさせてください」

愛里には意外な言葉だった。荒野が、あの強い荒野が弱気になっている。

「もってけ、手土産だ」

渡されたのはキングサイズのジョイントだった。しかし、においと色が違う。

「『赤！』」

パパ・ジョーは面食らった。

「そりゃ赤いさ。レッドディーゼルだからな」

ふたりは顔を見合わせた。

「愛里、このあとの予定は？」

「ないよ」

荒野は愛里の手をとった。黄色のベンツに乗りこむ。むかうのはおしろいを塗ったアメリカン・ハウジング。そう、ソフィアの家だ。


深夜だった。ふたりはこっそりうちにはいり、抜き足差し脚で荒野の部屋に潜りこんだ。車の中で示し合わせたように、荒野はリビングから青い布をとり、そのあいだに愛里は青いパジャマに着替えた。

ふたりはレッドディーゼルを吸うと、高く飛んだ。それからベッドで横になる。こぶしひとつぶんの感覚を開けて。なにも話さなくても、相手に伝わるものはある。塀の中の三か月、歌に明け暮れた三か月。ふたりはゆっくりと、やさしい睡魔に襲われて、眠った。

夢の中、ふたりは手をつないでいた。マリファナ畑の真ん中で子どもがふたり。肌の浅黒い

少年と、白さが目立つ、すこしだけ水の色をした目をもつ少女。荒野と愛里にはわかった。それは、かつての自分。昔見た光景。それは夏のカナダだった。見知らぬ少年は見知らぬ少女に一日だけの恋をし、はいってはいけないマリファナ畑にはいったのだ。いつだったか、それはふたりにも思い出せない。

「まだ、色が足りないよ」

「太陽は何色?」

「見つけてね」

「すぐ見つかるよ」

荒野と愛里はその固くつないだ結び目をギュッとにぎった。

あのころの自分たちが笑いかける。夢は遠ざかり消えた。甘く懐かしい歌だけを響かせて。

朝。荒野はまだうつらうつらとしていた。そして髪に風を感じた。

「秘密の場所で、待ってる」

荒野は二度寝して、気がつくと夕方だった。ベンツを飛ばして、秘密の場所へ。そこには愛里がいた。車からおり、海の向こうに沈もうとする夕日とそれに彩られる街を見ながら、愛里のとなりに男はきた。

「こないのかと思った」

「……歌うの？」

「……うん」

愛里はギターケースからジョイントをとり出した。どくとくのにおいがする。

「これは、パパ・ジョーさんが今日吸えっていったネタ、アカプルコ・ゴールド。きっと、あの子たちの言う太陽の色だと思う。今日が無事に終われば、また明日荒野と同じ夢が見れる」

火を灯す。愛里の手から荒野の手へ渡る。

「ちいさいころ、先生にね」

「え？」

「先生に言われたの。世界には、食べるものもなくて、水さえのめない恵まれない子どもたちがいるんですよって。たしかに愛里たちは贅沢な世界に生きているのかもしれない」

「……」

「でも、先生はそれしか言わなかった。愛里のこころにぽっかり空いた穴は、だれが埋めるの？　って」

濃厚な香りが辺りをつつむ愛里は咳きこみながら吸いこんだ。

「だから必死に探した。信用できるひと、好きなこと、できること、したいこと。でもね、全然その穴は埋まらずに広がっていくばかりだった。そんな時かな、アメリカに行ったのも、これに手をだしたのも。そして見つけたの」

「なにを?」

荒野が答えを欲しがる。

「言えないの」

愛里からまた荒野へ荒野の手から、荒野の口へ。

「愛里はね、災害や疫病はしょうがないと思う。でも戦争は人災。人災なら止められる。人間が起こすなら、人間に止められる。そんな気がするの」

すこし間をとって。さらにこうつづけた。

「荒野にお願いがあるの」

「なに?」

「今日のアイリーン・カンナビスを撮り続けて。なにがあっても」

「どうして」

もうブラントは燃え尽きた。合図だった。

「行くよ」

愛里が先だって歩きはじめる。

「どうしてそこまで」

「――なに？」

「どうして故郷でもない沖縄にそこまでできるんだ？」

愛里は一秒も考えずに言った。

「いつしか――」

彼女は言葉をいったん区切って天を仰いだ。

「いつしか、あなたの夢が、愛里の夢にすり替わっていたのよ」

そう言って笑う女の名は、アイリーン・カンナビスだった。


「こんな緊張状態でカーニバルなんて余裕っすね」

「見栄っ張りなだけやろ」

アイランド・ラボがカーニバルに着いたときにはひとはごった返し、ステージの熱狂っぷりも半端なものではなかった。まるでベトナム戦前だ。コロナのことなどどこ吹く風で、ひとは密集し、手から手へジョイントが回り、半狂乱状態になるものもいた。

「これが前夜祭なんやなー。えげつない本番迎える前の最後の楽しみなんや」

「そうだな」

「さて、この中で荒野を探すなんて骨が折れるぜ」

「簡単やん。最後のバンド終わたら一番前や」

順次の言葉に、みな納得する。最後のバンドは、やはり杏率いるザ・バード・イン・トレンチタウンだった。名曲〈世界よひとつにならないで〉を歌い、英語と日本語であいさつする。

しかし、おかしなことがあった。なぜかステージをおりたのは杏だけだったのだ。終末の日のようにめちゃくちゃだったステージ前から、ひとがはけていく。

「あー、いたー！」

夏美が声を上げる。最後のバンドが終わっているのにセンターマイクの前でカメラを構える荒野がそこにはいた。

「さすが夏美だ」

「へへー」

悠一にほめられ、愛里はケラケラと笑う。

「荒野！」

「なにしてん。帰るでー」

「みんな！　ちょうどよかったひとの鎖作戦だ！」

「はあ？」

順次は変なことを言う荒野に驚いて変な声が出た。アイランド・ラボはすぐに荒野の周りを取り囲んで腕を組んだ。そこに、ショウゴがアイリーン・カンナビスのバンドメンバーを引き連れやってきた。そして完全に荒野を取り囲む。すると一度離れたひとが再びステージ前に集まってきた。

「なんや夏美！　説明し！」

「いいから！」

カーニバルのＰＡを任されているパパ・ジョーが主催者ともめている。そこに、アイリーン・カンナビスは登場した。

半分の歓声と半分のブーイング。荒野はそれに三か月、見たくても見れなかった、残しておきたくても残しておけなかった、そばにすらいてやれなかった、愛里の三か月の闘いを見た。

「レディース＆ジェントルメン！　アイリーン・カンナビス！」

会場が一度静かになる。

すると愛里はジョイントをふかした。会場からこころないヤジが飛ぶ。

「エニークエスチョン？」

観客が一瞬黙った。その隙をみて、ドラムがビートを刻みはじめる。アイリーン・カンナビスの歌は、もう荒野が知っているそれではなかった。時に早く、時にスロー。ライオンのようにがなると、小鳥のようにさえずる。歓声は悲鳴に変わり、ブーイングは怒号に変わる。

——なにも、変わっちゃいない。

ただ一生懸命飛び続けたのだろう。ただ一心に早く高く遠くへ。その気持ちがわかった荒野はカメラ越しにアイリーン・カンナビスを見つめる。

一曲、二曲、三曲。彼女は歌い続けた。その不安定な声は、ただ、平和をするためにだけあった。ひとの鎖ももう限界だ。もみくちゃにされながらも荒野はアイリーン・カンナビスを撮り続けた。

「ラスト・ソング！」

バンドの音が止んだ。アイリーンのエレアコの音だけが会場に響いている。

オールド・スィート・ソング。

ふたりの夢の中に出てきた歌。

——そうだ、あの時。

カナダで彼女にあったとき、祖母、つまりソフィアの部屋から流れていた歌だ。荒野はようやく思い出した。そしてアイリーン・カンナビスが今日の日のために磨いてきた鋭利な、けれどだれも傷つけない剣の切っ先に似た歌だ。それはジョン・レノンの〈イマジン〉だった。

今の情勢で、今の状況でそれを歌うのがどれほど危険かはアイリーン・カンナビスも重々承知の上だ。観客からの声は次第に消えた。ＰＡ機材などいじっている様子はない。それでも声が大きくなっていく。あふれる想いが声になる。歌になる。

——届け、届いてほしい。

それだけを思いアイリーン・カンナビスは歌を歌う。声を張りあげて。英語で歌い終わると、バンドが演奏をはじめた。アイリーン・カンナビスはどうしてもこの歌をふたつの国の言葉で歌いたかった。日本語の〈イマジン〉は忌野清志郎の歌詞だ。

歌が終わる。だれも声をあげるものはいない。彼女がなにかを言うのを、全員が待っていた。

「サンキュー。ありがとう、最後にひと言」

そのとき——。

おおきな雷鳴のような音がして、彼女の体は切れた弦のようにぐにゃりと曲がり、仰向けに倒れた。西日が差しこみ照らされた愛里が、風の丘にある基地の真ん中で、カメラを抱えている荒野にはゆっくりと見えた。それは今まで見たどんな映像よりも美しかった。ひとの波にもまれて、荒野はカメラを置いたまま、アイリーンに、いや、愛里に駆け寄った。

「撮ってた？」

愛里は腹部を抑えている。流血していた。銃創だ。

「ああ。ああ」

「荒野」

「愛里」

「荒野」

「愛里」

「好きよ」

「好きだ」

「好きよ」

「好きだ」

「好きよ」

「好きだ」

基地の中はもう収集がついていない。暴動状態だ。数台の救急車とミリタリーポリスが到着した。救急車に載せられる。荒野はカメラだけ持って、同乗した。愛里は苦しそうに激しく息をしながら腹部を抑えている。すると、突然。

「回して」

「？」

「カメラ」

荒野が言われるままカメラを向ける。

するとと、愛里は、これまで見たことのないつらそうな顔で笑った。荒野の脳裏に、それは二度と消えない刺青のように鮮明に刻みこまれた。そこでようやく、荒野は自分が涙していることに気づいた。


愛里は予断を許さないとの状況だった。ソフィアがタクシーで駆けつけたので、荒野はその場をソフィアに任せて、いったん家に戻ることにした。助かっても愛里が入院となるのは目に見えていたので、彼女と自分の荷物をカバンに詰めていた。すると、青いパジャマとシーツが見えた。

病院につく、愛里は断続的に意識を取り戻しては失うを繰り返していた。丸一日経って、容体が落ち着いてくると、夜勤の医師はなにかあればすぐにナースコールを押してくれと告げ、荒野と愛里はふたりになる。荒野は、病院のガウンの上から青いパジャマをかけてやり、自分も青いシーツを羽織ってイスに座る。すると、一階の自販機でコーヒーを買ってきたソフィアが、荒野に一本渡し、横に座った。

「ソフィアたん。この青い布」

「ええ、同じです」

「やっぱり」

ソフィアは遠い異国を思い出しながら語った。

「カナダでの生活が短かったあなたたちは、覚えていなかったでしょうが、彼女の叔父とは仲が良くてね。ある日骨董市で珍しい布を買ってきたんです。なんでもイヌイットの魔女が織ったとか。これを姪のパジャマにしたいと言ってきてね」

荒野は驚かずに聞いていた。

「やはり運命ですかね。こういったことが起こるとは、夢にも思いませんでした」

荒野はソフィアの話は半分に聞いていた。

「じゃあ、なにかあったら知らせてくださいね」

そう言ってソフィアは病室をあとにした。荒野は見舞いにきたひと用のすこし小ぶりな――からだを曲げないと入れないような――ソファに横になった。

マリファナ畑にひとりの肌の浅黒い少年。にいっと歯を出して笑う。

「おれ、こんなに生意気そうだったっけ」

「そうだよ。じゃあ、帰らせてもらうね」

そう言うと、少年は荒野の中に、まるでプールの中に飛びこむように入っていった。そこで荒野はいろいろなものを見た。原子のはじまりや、生命の成り立ち。自分たちがどこからきて、どこへ帰るべきなのかを見た。そしてそれらをすべて見終わると。すべて忘れた。しかし、それは自分のかたちないこころ、というものから、血管、細胞の一部にまで同化し、もう二度とそれらは離れないし、忘れたからといって探さなくてもいい、そんな気持ちにあふれた。

荒野は思った。それはきっと、目の前にいる少女もそうなのだろうと。そこにいたのはアイリーン・カンナビスではない、自分と同じ旅を経験した愛里。二十歳になってついに再開した、初恋のひと。

「やっと、会えたね」

愛里は荒野の手をとった。荒野は手を握り返した。ふたりは笑った。ふたりは駆けだした。黄色い朝日にむかい、草花がゆれる。あの甘い歌が聴こえた。

エピローグ〈マリファナ畑でつかまえて〉

映画のエンドロールが流れ終ると、オープニングに出てきた丸眼鏡の男が座っている。

「さて、この映画はどうだっただろうか、頽廃していく若者たちか、喜びの鳥の歌か、キスすらしない愛の物語か、製作者のドラッグのやり過ぎだという意見もあるだろう。それらに間違いはない。〈世界よひとつにならないで〉が訴えるように、世界に同じものなんてふたつとない。しかし〈イマジン〉のようにもっとシンプルに広く見ると世界はひとつなのかもしれない。きっとどちらも正解で、どっちを選んでも自由なんだと思う」

青年はサイドテーブルに置いたコーヒーに口をつけた。

「さて、この映画はぼくが見た彼女のすべてだが、彼女があのときやそのときにどう思っていたのかなんてわからない。最初にも言ったが、これはあくまでエンターテインメントなんだ。最後、ふたりはどうなったかって？　さあ、知らないなあ。でもこれだけは言える。これを最後まで見ることができたあなた、あなたの世界がこの物語に出てくるような世界じゃないことを祈る。いや、この映画はきっとローカルで、アンダーグラウンドな映画館じゃなきゃやらないだろう。つまり、この世界はきっとすばらしい。けど、きっともっと愛が必要だ」

男は巻きタバコをフィルターぎりぎりまで吸い、灰皿に押しつけた。

「もし、自由や愛を叫ぶなら、責任はつきまとう。革命を謳っても、平和を歌っても、ターゲットにされることはあるんだ。ここでぼくはひとつの「答え」を見つけた。確かなものなんてないこの世界に、あえて胸を張って言える、ぼくの自由への回答はひとつ。「生きろ、なにがあっても」だ。それだけを伝えるために、多くの犠牲を払って、自分の身を削りこの作品は生まれた。先だった旅立つ者たちをけして忘れない。それでも、いや、だからこそぼくたちは強く生きていかなきゃならない。つまり――」

するとキッチンのほうから、男を呼ぶ、女性の声。男はふり返った。

「今行くー。えーっと、なんだったっけ。……まあ、いいか。では、みなさんよい日々を。これを見て、もしアイリーン・カンナビスに会ってみたくなったら、彼女を、マリファナ畑でつかまえて」

湧上アシャ　（ワクガミ・アシャ）

1990年沖縄県宜野湾市普天間生まれ。普天間高校出身。
17歳から本格的に小説を書きはじめる。ふたつの大学に進学するが、どちらも中退。2016年10月から、同人サークル「TUFF CONNECTION タフ・コネクション」に参加する。ヒップホップやレゲエの文化に強い影響を受けており、ラップしたり、イラストを描いたりもするが、文章をメインに活動中。
著書『風の棲む丘』（2017）『ブルー・ノート・スケッチ』（2019）いずれもボーダーインク刊。

カバー・イラスト
なおきち

TUFF CONNECTION 発揮人のひとり。イラスト・デザインを担当している。古着と笑いが好きなナイスガイ。趣味でギターや三線の演奏をする。

題字
名辞以前

TUFF CONNECTION のメンバー。詩・小説・動画配信などを通して「人ってダメでいいよね」と世間に囁いている。

ぼくたちが自由を知るときは
2020年8月15日　初版第一刷発行

著　者　湧上　アシャ

発行者　池宮　紀子

発行所　㈲ボーダーインク
沖縄県那覇市与儀226-3
http://www.borderink.com
tel 098-835-2777　fax 098-835-2840

印刷所　㈱東洋企画印刷

ISBN978-4-89982-389-6　　printed in OKINAWA Japan